新潮文庫

隠花の飾り

松本清張著

新潮社版

2872

目次

隠花の飾り

足袋

津田京子は、某流の謡曲の師匠であった。大久保のマンションに居る。弟子をとって謡《うたい》や仕舞を教えていた。女弟子が多いが、男弟子もあった。弟子たちはほとんど初心者のころから習っているが、四年も五年もつづけているのも少なくなかった。京子は一週間に三回、午後と夜に稽古《けいこ》時間をつくっている。昼間はおもに女弟子、夜は勤め人や商店主の男弟子であった。三十八歳の、面長な、上背のある女だった。稽古の時間はもちろん和服だが、洋装も似合った。

弟子に稽古をする以外、週一回は、自分自身のために師匠の水野孝輔《こうすけ》の稽古を受けに田園調布の家へ行く。水野孝輔は家元に次ぐ某流の幹部で、六十三歳になる。彼女は二十年前に入門し、師匠の許可を得て七年前に初心者をおもに弟子をとるようになった。

村井英男は四十二歳になる。ある商事会社の総務部長であった。三年前、その会社の女子社員たちのあいだに謡の同好会がつくられ、当時厚生部長だった彼が世話焼きをした。京子を師匠としてひっぱってきたのは、いまは退職して社に居ないが、彼女の弟子になっていた営業部の女子部員だった。

村井英男は二年前から大久保の京子のマンションに個人的に弟子入りをした。総務部長になってからは、取引先の幹部との交際上、ゴルフやマージャンなどのほか、そういう趣味も心得ておきたかったのである。

津田京子と村井英男との間が、師匠と弟子だけの関係でなくなったのは一年前からである。はじめは村井から京子を誘惑したようなかっこうだった。夜の食事にさそったのがきっかけで、三、四回それが重なったあとホテルで会うようになった。このかたちはありふれている。

京子が村井の夕食のさそいにそのつど容易に応じたのは、彼女のほうで彼に好意以上のものを持っていたからである。男女が二人だけで外で夜の食事をし、酒をくみかわせば、あとは男が女に何を言い出すかはおよそ分っている。その見当のつかぬ年齢ではない。

京子は横浜の生れで、生家は材木商だという。謡曲は母の趣味で、高校のときから母に習った。短大のときに水野孝輔の門に入った。卒業後は一時小さな貿易商社につとめたことがあるが一年くらいでやめ、いらいどこにもつとめず、水野の直弟子として謡と仕舞の精進にすすんできた。

生活費のほうは材木商の父が出してくれる。縁談はあったが、気にそまないのでみんな断わった。両親も兄もあきらめてもう結婚のことはいわなくなった。それから縁がないままにうかうかと三十八になった。いまの大久保のマンションも父が買ってくれた。遊んでもいられないので、水野先生の許しを得て初心者の弟子をとるようになった。——これが村井に語った京子の話である。

村井英男にはもちろん妻子がある。長男は高校二年生、その妹は中学三年生である。妻は彼より七つ下で、これは見合結婚だった。

村井は京子を獲てから人生がひろく厚くなったような気がした。弟子と近隣の住人のてまえ彼女のマンションで会うことはできない。それ専門の小さなホテルや旅館を利用した。一週間に二度くらいだった。打合せは、村井が外から電話をかけた。ほかの弟子が来ているときもあるので、電話の言葉は短く、時間と場所だけを告げた。彼女は、わかりました、とだけ答える。その返事だと弟子に聞かれても困らなかった。しかし、ほとんどは会ったときに、次回の日と時間と場所とを打合せた。その後に、変更があるとき村井から電話するのである。それは急に出張がきまったり、予定外の会議ができたりなど、たいてい村井の都合によった。

マンションに謡を習いに行くことも、先生が女性であることも妻の泰子《やすこ》ははじめから承知していた。これが小唄《こうた》や長唄の女師匠となると泰子も無関心でいられなかったかもしれないが、謡曲は、そのような類《たぐ》いとは違って、なんとなく折目正しく、いかめしく思える。泰子は無頓着《むとんじやく》でいた。実際、夫は稽古をつけてもらう前の日には謡本を出したり、京子の声が入ったカセット・テープを聞いたりして短い時間でも練習し、日曜日などは半日くらい見台《けんだい》の前で太い声を出したり、扇を持って畳の上を摺《す》り足で歩き回った。

そんな仲になると、マンションでの相弟子の前ではもっとも要心をしなければならなかった。村井も京子もまわりに気づかれないよう細心の注意を払った。

京子は稽古をつけるのに他の弟子と平等に、あるいはそれよりもやや冷淡に村井を扱った。村井もまたすなおに、ていねいに従った。夕方からの弟子は、ほかに男が二人と、主婦が五人来ていた。村井は、他の中年男の弟子のように京子にむかって軽い冗談も口にしなかった。気楽な言葉を使うと、その調子のどこかにボロが出そうな不安があったからだ。京子も充分に気をつけていた。気をつけすぎて、態度が硬いくらいだった。

村井は、初めての晩に、京子が処女でないのを知った。辰歳《たつどし》で、そのとき彼女は三十七だったが、そんな年まで女が未経験とは思えなかった。彼女はいくらか眼が細くて、眼尻《めじり》が吊《つ》り上った感じで、鼻すじは徹《とお》り、上唇はめくれ加減で、細面の顎《あご》はやや長く、まず魅力的な顔だった。若いときはもっと美人だったに違いない。男関係がないはずはなかった。

村井は、京子との寝物語りに、それもだいぶん逢瀬《おうせ》を重ねてからだったが、恋愛の経験を問うた。京子はためらった末に、二十《はたち》のときに大学生と誤ちをおかしたが、それも五、六回で、それいらい恋愛は何もないと答えた。

けれども京子の対応は敏《さと》く、身体《からだ》じゅうが発熱したようになってむかってきた。それは十七、八年前の、それもわずかな経験で終った身体とはとうてい思えなかった。

村井は京子の言葉を信じていたので、それを三十七歳の年齢のせいに考えた。たとえその経験が浅く、また、十七、八年の間の空白があっても、女ざかりの肉体は刺戟《しげき》をうけると、反応は急激に目ざめるものだと思った。

これは四十一歳の村井をよろこばせるに充分だった。京子は床の熟練が性急に度を増し、厚顔無恥なほど乱れた。彼女は村井を得てから全身が掘り返されたように自分を失って狂奔した。その貪婪《どんらん》も回ごとにすすんだ。

それが弟子たちの前では端然と坐《すわ》り、立居のさいのわずかな裾《すそ》のみだれも気にし、仕舞の動きでは、踝《くるぶし》と爪先《つまさき》とを形よくきっちりと包んだ白足袋も凜《りん》としていて、秋の朝を思わせる気品とはおよそ隔絶していた。二つの極端な違いが、また村井の情念を煽《あお》らせた。

京子は彼と逢《あ》いに和服でくるときは白足袋をはいていた。うす暗くした部屋の中で片膝《かたひざ》を折って足袋を脱ぐ女の姿はなまめかしかった。村井が試みに足袋を手にとってみると五つのコハゼである。これは足袋専門店に誂《あつら》えてつくらせるもので、当人の足に合わせて厘毫《りんごう》の隙《すき》がない。それでこそ足先が形よく、きれいに見えるんです、コハゼを五つにしているのも緩みのないためで、普通の店では四つコハゼの足袋しか売っていません、そこが仕舞や舞踊を専門にするひとと素人《しろうと》さんとの違いです、と彼女は村井に説明した。

共に臥《ふ》せた男女の密語は、古来同じような言葉が繰り返されてきている。わたしと別れないでね、あなたを失ったらわたしは生きる望みもないわ、と京子は言う。髪を崩し、眦《まなじり》を上げ、高熱患者のように鼻翼呼吸をし、洟《はな》をすりあげ、咽喉《のど》の燥《かわ》きが早い。

奥さんも子供さんもあることを承知でこうなったんですから、わたしはこのままでいいんです、無理は言いません、また長つづきするためにはおたがいに無理をしないでゆきましょう、とも京子はいった。それは村井の家庭への配慮であり、京子自身には弟子たちへの気配りであった。二人の仲が知れたら弟子は激減する。

村井は、いつも時間に追い立てられるような逢びきがもの足りず、ときには一泊か二泊の小旅行をしたいと言った。京子は、わたしもそうしたいのは山々だが、そんなことをすればかならず奥さんに気づかれる、わたしもお弟子さんを抱えている、それこそ無理は抑えましょう、と男を諭すように言った。

一年もつづくと両人のあいだに警戒心がゆるんでくるのは仕方がなかった。馴《な》れの油断から事実が綻《ほころ》び出た。

ある晩、会社の仕事で村井が遅く家に戻ると、血相を変えて待っていた泰子に詰め寄られた。相手が津田京子だということも泰子に分っていた。

この前からあなたの行動を妙に思っていたが、はっきりするまで黙っていた、不審をもった証拠もある、と泰子は数々の品を村井の前にならべた。縁のない方角の喫茶店のマッチがいくつかある、二人ぶんの会計を明記したレストランや料理店の受領証がある、惘然《きょうぜん》としたことに池袋界隈《かいわい》のホテルのマッチも一つあった。

こういうのはそのつど気をつけて受けとらずに帰るか、処分したつもりなのに、行動の慢性化がいつのまにか要心を怠らせるようになったとみえる。妻は、彼の洋服に忘れられていたこれらの品々をさがし出しては溜《た》め、いま彼に突きつけたのだった。

京子という名を具体的に挙げられては、村井も答えに遁《に》げる術《すべ》もなかった。泰子は狂乱し、夫を力いっぱい殴り、獣のような声で泣き喚《わめ》いた。謡の女師匠とそうなっているとは夢にも知らなかった、わたしは欺《だま》されていた、その女師匠は男蕩《おとこたら》しにちがいない、それにひっかかったあんたもあんただ、あんまりひどい、と嗚咽《おえつ》の間に、とぎれとぎれに罵《ののし》った。こういう際の妻の言葉もたいてい同じである。

村井は、どうして妻が京子の名を知ったのかと奇異に思った。その場ではわからなかったが、数日のあいだそんな状態がつづいたあと、京子の弟子らしい女から妻に密告の手紙がきたことをようやく知り得た。

稽古場では二人とも気をつけているつもりだが、長くなるうちにはやはり油断が生れる。女弟子たちは知らぬ顔をしているが、眼は油断なく二人の様子を観察していたようである。いったん疑いが生ずれば、同性の猜疑《さいぎ》は真剣となる。稽古が終った京子を村井が近くの喫茶店で待つことがあったが、もしかするとそのとき女弟子が師匠を尾行したのかもしれなかった。

思い当るような女弟子の一人二人を村井は眼にうかべたが、そんな穿鑿《せんさく》こそ詮《せん》ないことだった。告げ口の手紙も、他人に書かせて筆蹟《ひっせき》をかくす手段だってある。

村井は、妻には京子とすぐに別れるとも別れないとも明言しなかったが、こういう状態では近く別れることになろうと思った。その気持が妻にもしぜんと推察できたのか、それからはいくぶん落ちついてきた。

それまでは村井が夜帰宅すると泰子は睡眠薬を多量にのみ、翌朝おそくまで蒲団《ふとん》の中で鼾《いびき》をかいていたり、でなかったら昼から外出して暗くなっても帰らないことがあった。高校生の長男と中学生の娘のしょんぼりとした様子や、父親を避ける態度を見ると、村井に後悔がはじまるようになった。家の中の暗鬱《あんうつ》な空気は彼もやり切れなかった。

それに、京子の態度も前とはすこし違ってきたように村井には思われだした。いっしょに身を寄せ合っているときは火になる女だが、その仲をもっと深めようとすると、彼女のほうで避けるというか遁げるようなところがある。それを彼女は、無理なことは抑える、と表現したものだった。前に小さな旅行に誘って断わられたのもそうである。土曜日の夜か日曜日、村井は時間が空く。京子も同様だと思われるのに、土・日は横浜の生家に帰ることになっているからと彼女は応じなかった。京子の生活費は父親から出ているということだから、そこへ顔を見せに行く気持は分らないでもないが、それにしてもときにはこっちの望みどおりになってくれてもよさそうだ。月のうち一度くらいの土・日は横浜行をやめても不都合はあるまいと、村井は思っている。

また、村井の都合で、前に約束した日や時間の変更を電話で言うと、その変更した日時は彼女に都合がつかないという答えがしばしばだった。それも仕方がないが、少しはその都合なるものを調整してこちらの希望に応じてくれてもよさそうだと、これも不満が起きた。

そのうち村井は妻に京子のことを知られて彼女のもとに謡の稽古に行くのが辛《つら》くなった。稽古場には、密告した女弟子や、二人のあいだをこっそり教えられたほかの弟子たちが、興味津々《しんしん》といった目つきで京子や自分を眺めるのはわかりきっていた。

村井は外から京子に電話して妻に一切が知れたことを伝えると、彼女がさぞびっくりして叫び、いろいろと訊《き》くかと思われたが、案に相違してそれはなく、彼女は沈んだ声で、近いうちに会いたいとだけ短く言った。その語調から彼女がすでにこっちの家庭騒動を知っているように思われた。だとすれば、早くも女弟子どもから耳うちされたのだろうか。

近いうちに会いたいと京子は言ったが、村井は、あすの夕方にしようといった。あすは弟子の稽古のない日だった。が、京子は明日は都合があって外に出られない、四、五日待ってほしいと言った。

こんなせっぱつまった状態だから、女がすぐにもとんできて彼に会い、いろいろと事情を訊くはずなのに、京子の悠長な返答は奇異で、村井にはわからなかった。彼女の癖だと思うが、一方では、妻に知れたことで彼女がショックを受け、会うのを引き延ばしているようにも思われる。

四、五日が経《た》って、会社の退《ひ》ける前、村井に瀬戸山と名乗る塩辛声《しおからごえ》の男から電話があって、津田京子さんのことでお目にかかりたいと、話の場所をあるホテルのロビーに指定した。村井は承知したが、そのホテルに行くまで胸が騒ぎどおしだった。

大きなホテルのロビーは人は多かったが閑静な場所はいくつかあった。そこに和服の男が立っていて、村井を見て近づき、わたしが瀬戸山です、と慇懃《いんぎん》に名刺を出した。肩書に某流謡曲の師範とあったので、村井の胸はまた動悸《どうき》が激しくなった。瀬戸山定一は額の禿《は》げ上った、髪の毛のうすい、五十すぎの男で、まわりを皺《しわ》にかこまれた小さくてまるい眼は猿のそれを思わせた。

そのへんの人群れからはなれた椅子《いす》にかけると、瀬戸山は二、三とりとめのない世間話をしたうえ、自分は水野孝輔の高弟で、師範格の者がつくっている会の常任幹事であると述べた。

そうした立場の人が津田京子のことで会いにくるからには、彼女と自分とのことが水野先生に知れ、会の風紀を紊《みだ》す苦情を持ちこみに来たのだろうと村井は思っていた。打ちあけた話が、と瀬戸山は前こごみになって口を寄せ、津田京子は水野先生が将来を期待してとくべつに面倒を見ている愛弟子《まなでし》です、と謡《うたい》の発声のような塩辛声で述べた。村井は顔色が変るのが自分でもわかった。

たんに水野先生が将来を期待している愛弟子というだけなら、打ちあけた話が、などという瀬戸山の妙な前置きは必要ない。先生が彼女にはとくべつ面倒を見ている、というのが彼の話の本筋だった。

村井はそこではじめて津田京子が水野先生の愛人だったと知った。京子が自分に抱かれているときの情熱とはうらはらに、こっちの言う日時に会ってくれないことも、毎土曜日と日曜日が絶対に駄目な理由もそれで分った。それは彼女が水野先生と会う時間だったのだ。あのマンションも横浜の父親が買ってくれたというが、実際は水野師匠が与えたものであろう。父親の材木商も本当か嘘《うそ》か分ったものではなかった。瀬戸山は、水野の代理として、京子と手を切るように申し込んできたのだ。それを瀬戸山は露骨に言わないだけのことであった。

水野先生はどうしてその事実を知ったのかと村井は瀬戸山にきいた。瀬戸山はうすら笑いし、他人はいろいろとお節介をするもので、と言った。京子の女弟子の密告手紙が水野孝輔に行ったというのである。

村井は、水野先生が京子に激怒しておられるなら、破門などの処置に出られるのか、と訊いた。瀬戸山は頸《くび》を振り、水野先生は宏量《こうりょう》のお方です、じっさい知らぬ顔をされておる、当の京子にも何もおっしゃってないようだ、まして破門処分などされるはずはない、と答えた。

察するところ、水野孝輔は京子に未練が充分にあって、ことを荒立てずに、彼女をそのまま自分のものとして置きたいようであった。大師匠は年寄りである。

京子の意志はどうかと瀬戸山にきくと、彼女も厚恩ある先生に背くことはできないので、村井さんとは別れる、ときっぱり言ったという。そうですか、彼女がそのつもりならぼくも手を切ります、と村井はこんどは憤然となっていった。先日、京子に電話したとき、すぐにも飛んできてもよさそうな彼女が、ぐずぐず言っていたわけにも思い当った。あれは女の心がすでに水野のもとに戻ったことなのだ。

瀬戸山は、ぼくの話だけだとあなたも納得がゆかないだろうから、ぼくが間に入り、京子さんと話し合ってはどうかとすすめた。

それから二カ月ほど経った。会社に京子から電話がかかってきて、一度会ってください、ぜひ、おねがいしますと言った。村井は、もう何も話すことはないから、と断わった。追いすがるような彼女の声が耳にいつまでも残った。

一カ月前に、瀬戸山を監視役のようにして入れた京子との話合いで、うつむいた京子は、こうなったうえは清算しましょうとはっきり村井に言った。これも村井には不快だった。彼は瀬戸山などを入れる必要はなく、京子と二人だけで遇《あ》い、真意をたしかめたかったのだが、瀬戸山は、当事者だけではまたどういう成り行きになるかわからないと承知せず、京子もまた二人だけでは会いたくないといっていると伝えたのだった。

京子は他人《ひと》の女、ほんらい村井が水野孝輔に詫《わ》びなければならぬところだ。それを水野の代理の瀬戸山抜きで京子と話したいというこっちの身勝手を瀬戸山が承知しないのは当然だと思った。

それに第一、京子が黙って許している大師匠のもとにおさまる気になっているのだから、村井自身はもう浮き上っている。じっさい、瀬戸山を立会人にした話合いは十分間くらいで済み、交際を絶つ約定は成立した。

それなのに一カ月ぐらいしてもう京子から会ってくれという電話がかかったのは、村井に彼女をうすぎたなく見えさせた。端然として威厳を感じさせる謡の姿勢、腰をおとした形で五つコハゼの白足袋を摺《す》り足にして立ち舞う仕舞の幽玄な所作、あの体内にあの貪婪《どんらん》が秘められているのか。

京子が床の中で狂っていた理由がわかる。老いた大師匠の身体《からだ》で京子もその淡白さに馴らされていたのである。それが中年男の村井を得てから、まさに三十七歳の肉体に一致したものが目ざめ、体内に奔流したのだった。

別れ話をきめて、もう一カ月で会ってくれと電話をかけてくるのは、京子がもはや二度と淡白の身体にもどることができなくなったからだろう。彼女が馴れてきている性は、長年つきあっている水野孝輔ではなく、ほんの一年間だけの村井の身体であった。

そんなことを考えると、村井は京子がうとましくなった。彼は、妻に全部をうちあけた。もう二度とあのような暗い家庭にしたくない。仕事に専心し、人なみにマイホーム主義でゆこうと思った。中年をすぎたら平凡な人生でいい、それが無難だ、平凡な生活こそ理想だと思った。

京子の電話は、それからも頻々《ひんぴん》と会社にかかってきた。とにかく一度会ってください、お話ししたいことがあります、と京子は執拗《しつよう》に頼んだ。いい加減にしてください、と村井は言った。そんなにしつこくなさると水野さんに言いますよ、とまでは口に出せなかったが、拒絶の語気は強かったはずである。

会社に手紙がきた。封筒は匿名《とくめい》だが、披《ひら》いてみなくともだれだかわかる。水野先生のことをあなたにかくしていたのは、わたしが悪かった、ごめんなさい、あやまります。ずいぶんひどい女とお憤《おこ》りになったと思いますが、それについても釈明したいと思います。わたしにはあなたしかありません。師匠とは別れてもかまいません。こんどのことは水野の弟子たちのあいだにもかなり噂《うわさ》になっています。瀬戸山が内緒声で吹聴《ふいちょう》したにちがいありません。わたしの弟子たちも減りました。まあそういうことはかまいませんが、とにかく一度会ってください、お話ししたいことがたくさんあります。そういった文面だった。

あの狡《ずる》そうな眼つきの瀬戸山なら、表面は師匠に忠勤をはげみ、蔭《かげ》では師のことをこそこそと面白おかしく同僚や後輩たちにささやきそうであった。京子の弟子が減ったというのも予想はしていたが、自分のことが原因なので村井は気の毒に思った。

しかし、それだからといって、村井は京子に会う勇気はおこらなかった。そんなに求めてきている女に男の血が動かないでもなかったが、水野とは別れてもかまわない、わたしにはあなたしかない、などと書いてあるのをみると、彼女と再び会うのは破滅の淵《ふち》へ歩いてゆくようなものだと怯気《おじけ》づいた。

手紙が来てからほどなく京子から電話がかかるだろうと村井は覚悟していたが、一週間くらいは何もなかった。案外な思いでいるときに、その電話がかかった。

お手紙よんでいただけましたか、と京子は言った。その声は弱々しかった。彼女の遠慮と不安とがそこに感じられた。

村井は、自分も弱気になりそうなのを抑え、読んだけれどいまさらどうにもならないね、ぼくの気持は変りようがない、もう手紙も電話もよこさないでくれ、わざと冷淡さと憤《いきどお》りとを強めて言った。

京子の沈黙が三分間以上もつづいていたように村井には思われた。ようやく、お元気で、という泪声《なみだごえ》が聞えて、受話器は音に変った。

村井は、これで京子とのあいだは永久に絶えたと思った。可哀想な気もし、一方では惜しい気持もした。こういう経験は五十台に入る前に刻まれていてもわるくはないと考えた。が、その諦《あきら》めはまだ瘠《やせ》我慢のような気がしないでもなかった。

信号が鳴り、村井と妻とどちらかが受話器をとって返事をすると、一言も発しないで切れる電話が家にかかるようになったのは、それからまた一週間後だった。午前七時から八時すぎまでの間と、夜はたいてい九時ごろであった。ほとんど隔日くらいにそれがずっとつづいた。

あのひとだわ、と受話器を措《お》いた泰子は村井の顔を見てけわしく言った。そうにちがいない、朝はあなたの出勤前、夜はあなたが確実に帰宅しているのをみはからってかけてくるんだわ、だからわたしが出るとあのひとはすぐに切ってしまう、と妻は言った。

そんなことはなかろう、おれが出ても黙って切ってしまうよ、と村井がいうと、それはあのひとがあなたの声を聞くだけでいいんでしょ、と妻は高く言い放ち、不機嫌になった。

お元気でね、と電話でいった京子の最後の言葉が村井の耳に戻った。妻の言うとおり、京子は、はいはい、とか、村井です、とか言う短い自分の声を聞いて安心し、満足しているのかもしれなかった。

水野孝輔と彼女の間は平穏無事につづいているにちがいなかった。だからこそ無言の電話をかけてくるのだと思った。その証拠に、土曜日と日曜日にその電話がかかってくることはなかった。たぶん京子がその師匠といっしょに居るときであろう。あんなにしつこく電話をかけてくるひとでも土・日は勤め人なみにお休みなのね、とそこまでは事情を知らぬ妻は村井に皮肉った。

だが、それからもつづく電話のベルに悩まされた泰子はノイローゼ気味になった。電話が鳴れば受話器をとりあげないわけにはゆかない。それは村井も同様だった。警察に告げて、逆探知機でイタズラ電話をつきとめてもらったらどうかしら、などと泰子は本気でいった。

無言の電話は一カ月くらいでやんだ。夫婦で吻《ほっ》としていると、こんどは新しい現象が起った。

夜おそく、足音が家のまわりをうろつくのだった。村井の家は中野区の住宅街にあって商店も少なく、夜はどの家も早く雨戸や門を閉じてしまう。はじめは気がつかなかったが、それは靴音ではなく、地を舐《な》めるような草履の音であった。静かなその足音は角地にある彼の家の玄関前を何度も往復し、路地に入り、ちょうど夫婦の寝室や台所にあたる横の、竹垣の前を忍びやかに歩きまわった。それは一週間のうち二、三度はあって、しかも三十分以上はつづく徘徊《はいかい》だった。草履をはいていることで和服の女だとわかった。

泰子はおびえ、ヘビのように執念深いひとだわと声を震わせた。村井が戸を少し開けて外を覗《のぞ》くと、遠い外灯のうす明りの中に動いている黒い影は京子の姿に間違いなかった。その影は八つ手の葉の下や向い側の家の裏口横をたしかにうろついていた。

おれが出て行って怒鳴りつけてやろうか、と村井は妻の前で強がりを言ったが、そんなことをすると思いつめた京子が大声を上げて彼に衝突してきそうだった。はては揉《も》み合いになるし、京子は泣き喚《わめ》いたりもするだろうから、騒ぎに眼をさました近所の者に覗かれそうである。村井は外へ出て行く勇気がなかった。

泰子も村井が出てゆくのは不賛成で、相手が刃物でも持っていたらどうするの、と引きとめた。そのような心配よりも、夫が女と遇うのがまず気に入らないふうだった。

夜ふけに家のまわりで革草履の音がおこると、夫婦は息を殺してそれが消えるまで待つか、テレビの深夜番組のボリュームを上げるかした。が、そんなことをしていても意識は家の外に奪われているので同じことだった。

家に火を付けられるかもしれないわ、と泰子は蒼《あお》い顔になった。まさか、と村井はいったが、それは口先の言葉ではなかった。彼には京子の気持がだんだん判《わか》るようになった。彼女は一方的に彼に会いに来ているのだ、無言の電話につづいて、家のまわりを歩きまわるのは、彼女が来たことを彼に告げているのだ、それを確実に伝えている行為なのだ。

ある日、泰子が近所の人から聞いてきたといって、昨夜おそく和服の女性がひとりでこの辺を歩いていたので通りがかりの警官が保護したという話を村井にした。これでもう当分、あのひとの足音は聞えないわ、と泰子は頬の落ちた顔で呟《つぶや》いた。

朝七時ごろ、門わきの郵便受けの函《はこ》に新聞を取りに行った泰子が顔色を変えて村井の寝ている部屋に駆けもどってきた。その手に白足袋の左の片方だけを提げていた。昨夜のうちにこの足袋が郵便受けの函に投げこまれていた。

その左の足袋にはコハゼが五つ付いていた。

足袋は表は白かったが、裏はうす黒くよごれていた。中のコハゼを開いた部分もその奥も、足うらの脂《あぶら》が淡い艶《つや》をつけていた。

ああ気持が悪い、と泰子は身震いした。

流れの速い玉川上水から和服の女の溺死体《できしたい》が上った。両の袂《たもと》に石を入れてあった。が、遺体の脚は、白い足袋を右の片方しかはいていなかった。五つのコハゼをとめた足袋は形よく、ぴしっと足さきに密着していた。左のほうは素足であった。いくら水の流れが速くても、五つコハゼで締めつけた足袋が片方だけ脱げることはない。

警察ではそれに不審をもち、自殺体だけど一応捜査をしてみようか、という意見も起らないではなかった。

愛犬

おみよさんは京橋近くの会席料理店「初音《はつね》」の会計係をつとめている。店は、こぢんまりとしたビルの七階と八階の全フロアを占めていた。「初音」はい い客をもっていた。商社も一流どころのが使ってくれていた。

おみよさんがこの店にきて八年になる。入ったとき二十七だったが、その容貌《きりよう》から会計係で置くのは惜しいので、二年ぐらいして座敷に出るように店主から言われたけれど、とうとう銀鼠《ぎんねず》の着物を断わった。銀鼠の着物はお座敷女中のお仕着せである。店にはそういうのが三十人ばかりいて、全部通いであった。

おみよさんは色白のふっくらとした顔立ちで、眼が大きい。唇の少し厚いのが難だが、口紅をせまく塗っているので、それほど目立たない。笑うと八重歯がこぼれる。お座敷女中には、若さといい、容貌といい、彼女ほどの女はそれほど居ないので、店主が彼女を座敷に出したがるのも無理はなかった。

じっさい、客のなかには地が紺色で襟《えり》が臙脂《えんじ》の、制服じみたワンピースを着てレジにいるおみよさんに気のある者も少なくはなかった。が、座敷と違って、レジの前では軽口に紛らわして誘うこともできない。それで、なにかそのきっかけをつくろうとして傍のガラスケースの棚にならぶお土産用の和菓子だの、民芸品の皿だの、茶器だのを吟味するふりをしてぐずぐずするし、実際に買う羽目になることもある。この販売もレジの係りであった。

陳列の茶碗《ちゃわん》類は値段が安くない。あれこれと眼で択《えら》び、この志野は佳《よ》い、あの瀬戸は面白いなどと感想を言ったり、どれがいいかな、などとおみよさんに相談をもちかけるようにする。そのついでに小さな声で、この次の休みの日にいっしょに食事をしないか、お茶をのまないか、と小当りにあたってみる。おみよさんは、八重歯を見せて笑っているだけである。その表情が客には可愛ゆくもあるが憎らしくもある。

会計係は二人居て、時間をずらせての交代である。「初音」は昼も夜も営業している。早番は午前十時から夕方の六時まで、おそ番は午後三時から十一時までである。年は同じくらいだが、いかもう一人はおみよさんの先輩が辞めたあとに入った女で、年は同じくらいだが、いかつい顔の肥《ふと》った身体《からだ》だった。

おみよさんは浅草橋の近くに一人で住んでいた。入りくんだ小さな道の奥で、いわば路地だが、狭くてもそこは自分の家であった。植木職人だった亡父が遺《のこ》してくれた家で、いまでは母も死んでいる。兄弟はなく、姉は広島のほうに嫁いでいる。

おみよさんは二十二のときに結婚して、三年後に離婚した。見合いで平塚市にいる地方公務員といっしょになった。家は、豪農というほどでもないが、かなりの土地もちで裕福だった。

夫はおとなしい性質であった。六十になった父親と年ごろの妹二人がいた。姑《しゅうとめ》にあたるひとは早く死んでいた。舅《しゅうと》と小姑《こじゅうと》二人である。舅はまだ畑で働いていた。

おみよさんは上の義妹にいじめられた。一つ年上なのに、まだ思わしい縁談がない。母が早くからいないので、主婦代りとなって家の中をきりもりしてきていた。おみよさんが来ても、世帯のきりもりを渡そうとはしない。兄であるおみよさんの夫の給料まで、前からのしきたりだといってとりあげた。

財産の管理は父親がしていて、世帯の経済に口を出さないかわり、不足分を銀行預金から出すということもなかった。姉娘に催促されて、三カ月に一回くらい、しぶしぶといくらか吐き出す程度だった。その金もおみよさんの手には渡らない。

舅は野良《のら》仕事におみよさんを使う。慣れない仕事に舅から叱《しか》られ追い回されて、心に泣かない日とてなかった。褐色の畑がひろがる彼方《かなた》、深緑の雑木林の小径《こみち》を歩く若い夫婦づれやアベックの姿をおみよさんはどんなに羨望《せんぼう》したかしれない。

上の妹はもともと百姓は嫌いだといって畑仕事を頭から相手にしない。下の妹は、高校から女子短大にすすんでいて、これも学校から帰ると遊んでばかりいる。そうして姉といっしょになっておみよさんに皮肉を浴びせ、意地悪をする。舅は無口で、ひとりで晩酌をたのしむ以外は働くばかりであった。

役所から帰った夫におみよさんが愬《うった》えても、眉間《みけん》に気の弱い縦皺《たてじわ》をつくるだけであった。その瘠《や》せた貧弱な身体が表わすように、妻をかばって父親や妹二人に立ち向う勇気は彼になかった。困ったことに、おみよさんはこの優柔不断の夫を励ますほど愛情を持っていなかった。

おみよさんが、まだそのころ母が生きていた実家に帰った直接の原因は、じつは犬のことからだった。

おみよさんは小さいときから犬が好きである。それで舅や小姑に気がねしいしい雑種の柴犬《しばいぬ》を飼っていたのだが、この犬を妹二人が嫌悪《けんお》した。啼《な》き声がうるさいとか、家のまわりをうろつきまわって糞《ふん》をしてきたないとか、臭《にお》いがイヤだとか、こまかいところまで文句をつける。犬小屋につないでいるばかりでは運動不足になるので、散歩に近所へ連れて行くと、世帯や畑の仕事も一人前にできないくせに結構な身分ね、などと言う。

妹二人は犬を眼の敵《かたき》にして、おみよさんの見えないところで棒で叩《たた》いたり、石を投げたりした。犬は妹たちを見るだけで恐怖し、尻尾《しっぽ》を輪にして犬小屋に逃げこんだ。おみよさんがつくった犬の食べものの茶碗に泥水が入っていることも珍しくなかった。それだけに犬はおみよさんを慕ってまつわりつく。すると、あんたの身体には犬の臭いがするから近くに寄らないでくれと妹二人は白い眼をむいた。むろん、おみよさんへの憎しみが、犬への憎悪へ露骨にむかっていた。

ある朝、犬が急に見えなくなったので、おみよさんが半日がかりで探しに歩くと、一キロ以上はなれた私鉄の線路わきの溝の中で死体となっていた。電車にはねられたのである。その犬は臆病《おくびょう》で、日ごろもそんな遠くに行くことはなかった。犬小屋の鎖が外されていたので、夜のうちに上の妹が線路に連れて行き電車のくる前に追い立てたのだとおみよさんは推量した。これまでにもそれに似たことが上の妹によって試みられていたからである。

犬の死骸《しがい》を葬《ほうむ》ったときは泪《なみだ》がとめようもなく流れた。そのままの顔で実家に戻ると、母はその泪が直接には犬のためとは知らず、それほど苦労するならもう婚家に戻らなくてもいいと言い切った。

仲人《なこうど》した人がきて、婚家に戻るようにとかたちだけすすめた。二年経《た》って、別れた夫が再婚した話を風のたよりに聞いた。

母が死んで、「初音」につとめるようになってからも、おみよさんは飼犬を二度死なせた。女一人の暮しと留守の要心をかねて最初は秋田犬を飼った。秋田犬は図体も大きいので人がおそれる。だが、暑さに弱く、二度目の真夏に病死した。次に丈夫でいいと思って雑種犬の仔《こ》を知り合いからもらって育てたが、まだ成犬にならないうち、おみよさんの留守に家の中から抜け出して、表道路を走る車に轢《ひ》かれた。

もう犬を飼うのをやめようと思った。自分には犬に不幸を与える運命が付いているような気がする。おみよさんは三碧《さんぺき》木星である。街で売っている運勢暦を見ると、この星の人は、巽宮《そんきゅう》という福運宮に坐《すわ》っているが、この宮《きゅう》には吉神二体と凶神三体とが同席していて、最も凶悪な暗剣殺《あんけんさつ》が在泊しているため福運宮の働きも影がうすくなっているとある。その同じような文句が毎年のように書いてあった。おみよさんは自分に内在している暗剣殺が犬を殺しているように思えてかなしくなった。

それでも生来犬が好きなのと、女ひとり暮しの要心のために犬屋で血統証明書付きの柴犬の仔を五万円も出して買ってきた。柴犬は利口で、知らない人間がはなれた道を通行してもけたたましく吠《ほ》え立てる。嗅覚《きゅうかく》がとくに発達しているように思える。柴犬には平塚の婚家にいたときの哀《かな》しい想《おも》い出がおみよさんにあり、あのとき義妹二人に苛《いじ》められた愛犬を慰めるためにも同じ柴犬を求めたのだった。無理に純血種の犬でなくともよかったのだが、高い金を出したことにも不幸な愛犬への供養《くよう》の気持があった。

この犬の名をおみよさんはサブと付けた。三代目の三郎の意味だった。べつにわけはないが、飼った三頭とも牡《おす》だった。

サブは敏感で、まだ距離があるのに、外の物音や足音にも耳を立て、すぐ機敏でしなやかな体を身がまえる。怜悧《れいり》な瞳《ひとみ》をその方向に集中して、家の中から吠えたてる。近所の人たちの足音や声には馴《な》れて、ただ首をもたげるだけだが、そうでないものにはそれが完全に通過し去ってしまうまで吠えるのをやめなかった。

だが、犬が人の足音に敏感というのは正確でなく、実際はその人間の体臭を弁別する嗅覚が発達しているらしい。それはテレビなどで見る警察犬の動作でも納得できるし、おみよさん自身の経験でもよくわかる。

サブが一歳のころだったか、真夜中の一時か二時ごろに家の前を通る男の靴音が五カ月ぐらいつづいたことがあった。つづいたといっても毎晩ではなく、おみよさんが聞いたのは一週間に一度か二度だった。蒲団《ふとん》に入っている犬が起き上って駆け出し、玄関の戸の内側や縁側の雨戸の傍を走り回って外へ吠え立てるのである。柴犬は癇《かん》性《しょう》な吠えかたをする。それに眼を覚まさせられて、忍びやかに遠去かる靴音を聞いたりする。

路地に沿っているので、家の前はもとより車も通らず、昼間でも通行人は少ない。この路地が表の二本の大きな道路をつなぐ連絡の小路というのを知っていて、これを利用するのはこの界隈《かいわい》の住人にほとんど限られている。だから他所《よそ》の者が通るのは珍しい。まして寝静まった深夜を土地の者でない人間が通るのは稀《まれ》なことだった。そうとわかるのは、サブが吠えるからで、近所の者だとまるきり沈黙する。

はじめのうちは、犬があまり騒ぐので、おみよさんは雨戸をそっと開けてその夜更《よふ》けの他所者らしい通行人の姿を覗《のぞ》き見ようかと思ったが、気味が悪くてその勇気もなかった。ところが三カ月ぐらい経つと、サブに変化が起きた。その足音を聞いてもだんだん吠えなくなり、唸《うな》り声だけを出していたが、それもやがて低くなり、ついには首をもたげ、聞き耳を立てるだけになってしまった。サブはしばしば深夜に通過するその人間の靴音、というよりは外から漂い入ってくるその体臭に馴れてしまい、安全な奴《やつ》と見きわめたようであった。靴音はしのびやかではあるが、どこか、片方の脚に重心がかかっているように一つは軽く、一つは、どた、どた、とした感じの地の踏みかたであった。

近所ではないが、それほど遠くない場所で人妻が殺された。夫が夜勤に出ている留守の夜だった。顔見知りの犯行で愛情のもつれだろうと新聞に警察の見方が出ていた。おみよさんは五カ月つづいた真夜中の靴音が、その事件いらい絶えてしまったのを知って身震いした。よほど警察に届けようかと思ったが、犯人に仕返しされそうでそれもできかねた。靴音に犬が吠えたという家は女ひとり暮しの自分のとこしかない。おみよさんも黙っていたが、捜査のほうも解決ができないまま打ち切りになってしまった。足音に吠え立てていたサブがやがておとなしくなったことと、いくらか特徴のある歩きかたの靴音だけがおみよさんの印象にしばらく強く残った。

そのうち、この狭い範囲の路地も表道路に立つ大きなマンションのために買収されることになった。その折衝が路地の住人との間におこなわれたが、早番にしても遅番にしても、その時間はたいていお店に出ている留守なので、おみよさんは万事を交渉委員に任せた。それが有利に妥結され、おみよさんはまとまった金をもらって、こんどは浅草のほうに小さな古い家を土地つきで買った。アパートに住まなかったのは、留守の多いのに飼犬がいるということで入居を断わられるからである。ひとりで居るのに一軒の家を買ったのも犬のためであった。それだと気がねがない。

サブは三歳になった。おみよさんの心の動きを人間のように敏《さと》く察する。たとえば遅番のとき、買いものに出かけようかと考えているだけでも、すぐにそれが反応してスカートの裾《すそ》をくわえてひきとめたりする。彼女の留守をいちばんいやがる。その賢そうな眼はおみよさんの一挙一動を注視し、心の内側まで見抜こうとしている。

おみよさんはもちろん犬と同じものを食べ、いっしょに食事した。家の中はどんなに掃いても犬の毛が落ちている。食卓の味噌《みそ》汁《しる》の中にもその毛が浮んでいる。おみよさんは箸《はし》でそれをたんねんに取り除くだけで、その汁を平気で飲む。子供が食い残した皿をつつく母親と同じであった。おみよさんの着ものにはいたるところに犬の毛が付着している。

しかし、サブは、おみよさんが仕事に出るのはよく理解している。行ってきます、ただいま、さみしかったわね、とそのたびに挨拶《あいさつ》すると、出て行くときはそこから動かずに寂しそうな眼で見送り、帰ったときは全身に喜びを溢《あふ》らせて飛びつき、顔じゅうを舐《な》めまわす。が、店に出るのではなく、ちょっと気晴らしにデパートとか映画館に行くとかの外出だと、サブは激しく抵抗し、彼女の脚を咬《か》んだりする。それをふり切って出るとき、サブはじつに恨めしそうな眼つきで見送る。おみよさんが外から帰ると、サブは懸命に彼女の全身を嗅《か》ぎまわる。犬好きのおみよさんは、外で知った人の犬をちょっと抱くことがある。サブはその「他人」の臭いを知ると気が狂ったように吠え、おみよさんの手に爪《つめ》を立てる。

おみよさんは、人が犬の話をすると、身をのり出して聴く。他人の犬だが病気していると聞くと、近所の子供のことのように真剣に気遣わしげな顔になって同情し、もし犬の死んだ話を耳にしようものなら、瞳が潤《うる》み、泪がひとりでに流れるのである。知った人の死を聞いても、これほどの感情は動かなかった。

おみよさんは、たとえ恋人が死んでも泣かないけれど、よその飼犬が死んだと聞かされただけで、もう身につまされて泪が出るのねえ、と「初音」の銀鼠《ぎんねず》の着物をきた女中たちはふしぎがった。

よその犬の死にも、かつて平塚の婚家先で虐待《ぎやくたい》されたあげくに線路わきの溝の中で殺されて横たわっていた犬や暑さに弱り果てて死んだ秋田犬が想い出され、それらにいま独りで留守番をしているサブの姿が重なって悲しむおみよさんの二重三重もの気持を、女中たちが知るはずもなかった。

とうとうおみよさんに恋人ができた。相手は伊東という名前で、ときどき上役のお供で「初音」にくる客で、レジで見初《みそ》められ、電話でお茶に呼び出されているうちに相手の情熱に説得させられたのだった。ある会社の係長くらいの伊東君は三十二歳の独身で、結婚も申しこんできた。伊東君は学生時代にラグビーの選手をやっていたとかで肩幅の広い、箱のような身体をしていた。

おみよさんは、じぶんに離婚歴があるというのをはじめ言いそびれたままに告白ができなかったので、それが気を咎《とが》め、結婚をすぐに承知するとは言えなかった。が、そのようなことには関係なく二人の間は進行した。おみよさんはときどき早番で六時に店を出ると伊東君の待っているところに行き、いっしょに簡単な食事をしたあと、伊東君のうしろについてそれ専門のホテルに入るようになった。

それというのが運勢暦を見ると、伊東君の一白《いっぱく》水星と自分の三碧木星とは、まことに合性《あいしょう》がよい。これなら、たとえ自分にイヤな暗剣殺が在泊していても、やがては結婚できるという確信のようなものがあったからである。

しかし、当然のことだったが、困惑でもあり苦痛なのは、サブにこの秘密が察知されていることだった。

そういうデートがあって家に戻ると、いつもじゃれついて迎えるサブが、おみよさんの身体を執拗《しつよう》に嗅ぎまわり、そのあげくにそこに裏切者でも居るように吠え立て、本気に咬みつかんばかりに怒るのである。彼女の身体に移った男の体臭がサブに嗅ぎとられないですむはずはなかった。ホテルの風呂《ふろ》で、どのように入念に身体じゅうを洗い流してきても、サブは一分の異臭をもとり逃がしはしなかった。

店に出勤するとき、伊東君とのデートの約束がないときはサブは寂しげな眼つきで見送るだけだが、その約束があると、おみよさんが玄関を出るまでサブは眼を怒《いか》らせ、総毛を立てて攻撃姿勢をとる。この犬には、デートの約束にはずむ主人の心がわかるらしかった。ごめんなさいね、あんたヤキモチを焼くんじゃないわよ、わたしの仕合せをよろこぶのよ、と言葉に出して言い聞かせるが、嫉妬《しっと》に燃え上る男を説得すると同様にその効果がなかった。

伊東君が会社から年次休暇が五日間とれたので、鹿児島に遊びに行こうとおみよさんを誘った。おみよさんは南国に行ったことがない。恋人と二人だけではじめて四泊五日のたのしい旅に出る誘惑に負けた。

店に適当な理由を述べてまとめて五日間の休みをもらうのはさして困難ではないが、難儀なのは五日間もサブを家に置いておくことだった。サブは行儀がよく、きまった庭の場所でしか排泄《はいせつ》をおこなわず、部屋の中で粗相をすることは絶対にないが、困るのは食べものをつくってやれないことだった。五日ぶんをいっぺんにこしらえて置いてやっても、犬だって食欲を起さないし、腐敗のおそれもある。

おみよさんは隣家の主婦にお礼をして食べもののことだけの世話をたのむことにした。このようなことはこれまでもちろん一度だってなかった。サブがいくら隣の主婦に馴れているといっても主人とは違うし、主婦にしてもおみよさんほどには犬に親切でなく、気もつかないことが多い。

おみよさんはこまごまとしたことを隣にたのみ、後髪をひかれる思いで伊東君と鹿児島旅行に出た。飛行機で着いた日は市内に泊り、翌日は霧島温泉に泊り、あと宮崎、大分と順々のスケジュールが伊東君によってつくられ、その先々のホテルや旅館の予約もできていた。

第一夜を鹿児島の宿で伊東君と共にしたが、伊東君の濃い愛情よりも、おみよさんは家に置いてきたサブのほうが気になった。夜どおしそれが心配で、健康な鼾《いびき》をかいて眠る伊東君の傍で彼女は朝までまんじりともできなかった。家を出てくるときのサブの絶望的な悲しい瞳、ひとり家に残された哀れな犬の姿が泛《うか》ぶ。この先、四日間もかかる伊東君との旅が、とうてい辛抱できなくなってきた。

なに、すぐ帰る？　と伊東君は愕然《がくぜん》となっておみよさんの顔を見つめた。その理由がわかると、ぼくと犬とどっちを愛しているのか、と恋人としてはまことにもっともな詰問《きつもん》をした。おみよさんがただ泣くだけなのを見ていた伊東君の凝視も、やがて冷やかなものに変っていった。

それきり伊東君は、おみよさんのところには姿を見せないし、電話もかけてこなくなった。

それから一年も経《た》たないうちに、おみよさんにまた新しい恋人ができた。高島という店にくる客で、一流商社の局長だか部長だかをしている五十歳の人だった。例のレジ横のお土産もの陳列棚で口説かれた。もとより高島氏には妻子がある。結婚の望みはないのに、おみよさんが中年の高島氏に投じたのは、伊東君という頑丈な身体を経験して女ざかりの芯《しん》が掘りおこされてからである。思えば、はじめての結婚は若すぎ、それに夫は虚弱だった。

高島氏が伊東君と違うところは、年齢からいって鷹揚《おうよう》であり、たぶんに贅沢《ぜいたく》であった。たとえば伊東君のときはカレーライスやかけソバなどをあわただしく胃におさめて安ホテルに入ったものだが、高島氏は名の通ったレストランでフランス料理などをとるか、割烹店《かっぽうてん》でうまいものを食べるかしたあと、タクシーを高級なラブホテルに走らせた。そのホテルの広い部屋の設備も立派なもので、伊東君と行った鼻先を壁にぶっつけるような狭い、寒々とした部屋とはかけはなれていた。それに伊東君は若さだけで押してきたが、高島氏の技巧は円熟したものだった。帰りはかならず自分の家からは遠回りだが、おみよさんを浅草の家の近くまで送り届ける親切があった。

辞退しても、三度の逢瀬《おうせ》の一度くらいには、おみよさんのハンドバッグにそっとなにがしかのお札を入れてくれた。高島氏の奥さんは病弱で、ほとんど寝たきりということだった。

高島氏の星は九紫火星《きゅうしかせい》で、三碧木星との合性は、大吉でも凶でもなく、吉といったところだと運勢暦に載っていた。伊東君とは星の合性があまりによすぎて結果が悪かったので、高島氏との中程度の吉のほうがかえってよく、交際は長つづきしそうに思えた。この合性だと、彼女の巽宮《そんきゅう》に居すわっている暗剣殺もおとなしくしていそうに思われた。

おみよさんはこのごろ一段ときれいになったとか色っぽくなってきたとか「初音」の客たちはレジに立っている彼女を見て言い、女中さんらもそう言った。だれも相手が高島氏とは知らないし、また気づかれてはならなかった。おみよさんはまわりの人たちにどうひやかされようと、いくらか厚い唇から八重歯をこぼして黙って笑うだけであった。その皮膚はあでやかな光が滲《にじ》みこんでいるように艶々《つやつや》としていた。

サブは、もちろん主人の情事を嗅ぎとっていた。おみよさんが高島氏と遇《あ》う約束の日に店へ出勤するとき、サブは睨《にら》みつけて見送った。帰ると、やはり身体じゅうに鼻をつけて回った。そうして唸《うな》りながら爪で引掻《ひっか》いた。

その胸や太腿《ふともも》の掻き疵《きず》を、風呂で高島氏に見咎められた。部位が部位だけに、おみよさんは高島氏の誤解を解かねばならず、飼犬のことを話した。

高島氏は大笑いした。ぼくも犬は好きだよ、と氏は言った。ああよかった、とおみよさんは安堵《あんど》し、これならきっとうまくゆくだろう、二人の仲は長つづきするだろうと確信を深め、うれしくなった。

高島氏との仲が半年ほどつづいた或《あ》る日であった。午後一時ごろ、畳に寝そべっていたサブがむっくりと起き上り、裏口の近くまで行って低く唸った。注意力をそこに集中しているのはその緊張した肢体でわかった。

ごめんください、杉原工業所から来ました、と裏の窓ガラスのはまった開き戸ごしに男の声がした。杉原工業所というのは、おみよさんがこの家を買って台所と洗面所だけを改造したときの水道工事専門店であった。この前から両方の蛇口の水の出が悪くなっているので、たびたび電話をかけたのだが、その修理工がやっと来てくれたのである。

修理工は三十六、七くらいの、眼がくぼんで頬の落ちた瘠《や》せた男だった。彼はおみよさんと顔を合わせたとき、なにかぎくっとした眼をしたが、彼女は気がつかなかった。

修理工は持参の工具箱を開けて、蛇口の本管《もとかん》のところを分解し、ごそごそとやっていた。その日はおそ番だったので、店に三時までに入るため家を二時すぎには出かけなければならない。あと一時間くらいで修理が終るだろうかと、おみよさんはしゃがんでいる作業服の背中に、ほかの用事をしいしいちらちらと眼を遣《や》っていた。

サブは片隅のほうに引込み、修理工を睨んでときどき唸っていた。毎月くる新聞の集金人などにも、けたたましく吠《ほ》えたてるサブが、この初めての作業服の男が裏口の外にきたときから、そして上りこんで仕事をしていても、ただ低くうなるだけで、かくべつ騒ぎたてないのは珍しいことだった。

修理は一時間もしないうちに終った。修理工は蛇口の栓をひねって水が勢いよく出るのをおみよさんに見せたうえ、スパナだのネジ回しだの小型ハンマーだのペンチなどを箱にしまいながら、自分はタクシーの運転手が本業で、勤務明けの休みを利用してこういうアルバイトをしているのだと聞きもしないのに言い出した。

そのひとりごとともいうような呟《つぶや》きのなかで、ときに高島さんはお元気ですか、と彼は言った。おみよさんは不意に心臓を彼の持っているスパナで叩《たた》かれたようになった。呼吸《いき》も止るような思いですくんでいると、一カ月前の晩に、あんたと高島さんとがラブホテルの前で拾ったタクシーが自分の運転していた車だといった。

もちろん二人を乗せたときは男が高島さんという名だとは知らなかったが、あんたをこの近くの道で降ろして、そのまま乗りつづけ、高速道路を走って新宿のインターチェンジを下りて中野のこういう街のこういう家の前で男客を降ろした、と詳しい道順を述べ、その門の標札が高島三夫になっていたと言った。

ホテルの前からこの近くまでのお二人の仲はむつまじかった、バックミラーで見ていて、ぼくはうらやましくなった、いい女だと一目惚《ぼ》れしたものだが、その女性の家に偶然にもこうして水道の修理に来て再会しようとは思いがけなかった、やっぱり神さまが好いた女をぼくに会わせてくれたのだ、と陰気に光る眼でねっとりと言った。

じつはあれから興味をもって高島さんのことをすこし調べた、一流商社のえらい人だってね、立派な奥さんがあるそうじゃないか、と彼は言いつづけ、商社のほうや奥さんに知られたくなかったら、ぼくともこれからこっそり交際してくれないか、と彼はおみよさんの顔を正面からのぞきこんだ。

おみよさんは、眼の前が夜のように暗くなった。水道修理のアルバイトのタクシー運転手は、なに、高島さんの奥さんと商社の重役さんに電話一本かければ、あんたがた二人の関係は終ってしまうのだからね、べつにぼくはあんたを高島さんから奪い取るつもりはない、わからないように、この家でこっそりと会いつづけてくれればよい、大事な人を失いたくなかったら、そうしなさい、とさとすように言った。明日はタクシーの仕事に出て明後日《あさって》が勤務明けになる。今夜もそうだが、今夜は用事があるので、明後日の晩にここに来るから待っていなさい、いいね、と念を押した。おみよさんは恐怖と破滅感に自分の意志を失い、呪術《じゅじゅつ》にかけられたように、黙ったまま思わずうなずいてしまった。

男は満足そうにうす笑いし、おみよさんの手を握り、ついでその手を頸《くび》に捲《ま》いて唇をひき寄せようとした。はっとなったおみよさんが抵抗したのと、このときはサブが身を起して吠えたのとで、男は諦《あきら》め、それじゃ明後日の晩にね、ともういちど念を押し、帰るときサブに尻眼をくれ、ああこいつも柴犬《しばいぬ》か、柴犬はよく吠えるが、たびたび来る人間にはすぐ馴《な》れて吠えなくなるものだよな、と呟くように言い捨てた。

たしかにサブはあの運転手兼アルバイト修理工が裏口に来たときから、唸るだけで吠えなかった。初めて来る人間にサブの対応は異常であった。まるで、前から知っている人間に対する態度であった。

おみよさんは三年前に浅草橋の路地裏にいたときに経験した「靴音」に思いあたった。それで、ときどきサブが病気にかかったときに診てくれる獣医さんのところに電話した。

獣医さんは、犬は足音などの聴覚よりも、発達した嗅覚《きゆうかく》によって特定の人間の体臭を遠くからでもかぎわけること、いったんおぼえたその人間の体臭は五年ぐらい経っても忘れてないこと、それは飼主が他に転居しても同じ人間がそこに来たり、家の前を通ったりした際、やはりその人間を記憶していることなどを教えてくれた。

運転手がひとり合点で決めた二日目の晩、おみよさんは家の中で七時ごろからサブを横に置いて待った。

八時十分前ごろ、待ちかまえていた靴音が家の前に近づいてきた。サブは耳を立てているだけで吠えない。靴音は、片方が地面を踏むのに重く、どた、どた、とした感じであった。三年前、浅草橋辺の路地裏に住んでいたとき、近くで人妻殺しが起る直前まで聞いていた靴音とほとんど同じだった。

運転手が声をかけた。おみよさんは裏戸の錠を外して開けた。運転手は犬にやる牛肉を手土産に提げていた。彼はガニ股《また》であった。

座敷に上げると、彼はすぐに挑みかかってきた。おみよさんは犬が一声も吠えないのを見ると、男を制した。ちょっと待ってください、これからそこの薬屋さんまで買いものをしてきます、すぐに帰ってきますから、と言った。何を買いに行くのだ、と彼は訊《き》いた。彼女は赧《あか》い顔をして、赤ちゃんが生れないために、と小さく言った。男は、にやりと笑って手をはなした。

薬屋の赤電話で一一〇番した。あの運転手が三年前の人妻殺しかどうかはおみよさんにもまだわからない。それは警察が調べてくれるだろう。確実なのは警察の事情調査に狼狽《ろうばい》した高島氏がおみよさんと別れるであろうことだった。中程度の「吉《きち》」も当てにならないとおみよさんは思った。

北《きた》の火《か》箭《せん》

一九六八年三月一日の午後三時すぎ、ラオスのビエンチャン空港に旧式な四発のストラトライナー機がカンボジアのプノンペンからきて到着した。煤《すす》けた銀色の翼には国際休戦監視委員会の略字ＩＣＣの黒文字が大きく付いている。三十六人乗りの小さな胴体は地面に着くと、機首を上にむけて滑り台のように斜めに傾く。

ほかに旅客機はなく、空港はひろびろとしたものだった。むこうの端にヤシの木立ちが横列にならび、高床式《たかゆか》の民家の屋根が二、三のぞいていた。空港の片隅にはトンボのような軍用練習機が五つならんでいたが、その一つは損傷していた。兵隊の姿はなかった。ここからも見えるアンナン山脈を越えた向う側では、連日アメリカ空軍のＢ52爆撃機が爆弾を降らしているというのに、こちらのラオス側は嘘《うそ》のように静かでのどかであった。

二階建ての空港ビルのテラスから、ＩＣＣ機を降りてくる乗客を二人の日本人が眺めていた。一人は岡谷七郎、四十九歳、評論家である。もう一人は原田平吉、三十二歳、雑誌記者である。山登りのような支度をしているのは、これから爆撃をうけている北ベトナムにこのＩＣＣ（インド・ポーランド・カナダの代表で組織されたインドシナ国際休戦監視委員会）の飛行機で入りこもうとしているからだった。男ばかりがタラップを降りてくるなかでブロンドの女が一人だけ混っていた。惜しいことに曇り日でその金髪はあまり冴《さ》えなかった。イギリス人かフランス人だろう、まさかアメリカ人ではあるまいと岡谷と原田が言い合って眼を凝らしていると、やはり山歩きのような服装の彼女は紅《あか》い手さげ鞄《かばん》をもって下のトランジットの入口に髪をまるごと見せてから消えた。そのうしろには四十年配の眼鏡をかけた瘠《や》せぎすの男が従い、彼女の肥《ふと》った背中に言葉をかけていた。この男は黒革のジャンパーを着こんでいた。

乗客の群れで、背広の男とラオスの民族衣裳《いしよう》の女連は、このビエンチャン空港で便乗の国際休戦監視委機を降りる。そうでない山登りかハイカー支度の男たちはハノイまで乗りつぐのである。彼らはヨーロッパ人と身体《からだ》の細いベトナム人と半々だった。あとに監視委所属で当番のインド兵が五、六人と、中年のスチュワーデス一人がついていた。アメリカ空軍に撃墜される危険があるＩＣＣ機に、ふつうの旅客機なみにフランス人スチュワーデスがいるとは、はじめての者には驚くべきことだった。金髪の女と眼鏡の男とは岡谷と原田が最初に眼にしたジネット・ド・セール夫人とジェームス・マートン博士であった。

正式に双方が名乗り合ったのは、百万の象を象徴する国旗がポール上にはためくホテルからおよそ四キロはなれたメコン河畔の日本婦人が経営する料理店の夜の庭だった。まわりをヤシの林に囲まれている。電灯設備はなく、テーブルの上は裸蠟燭《はだかろうそく》でその他は石油ランプだった。

ジネット・ド・セール夫人は、ベルギーの女流詩人であった。ハノイから招待をうけているくらいだから、反動的な傾向をもつ頽廃《たいはい》的な詩を書く詩人ではけっしてなかった。彼女は三十五、六か、もう少し若いくらいに見えた。適当に豊かな体格で、顔はまるく、眼が大きくて愛嬌《あいきよう》があった。彼女は年齢よりも若々しいものの言い方をした。もちろん洗練された流暢《りゆうちよう》な英語であった。

伴《つ》れのジェームス・マートン博士は、カナダのオタワにある大学の教授であった。専攻は社会学だと教授は言った。社会学のみならず学生たちでつくっている平和運動委員会の顧問だと自己紹介をした。彼は広い額の上に縮れ毛の髪をのせていた。眼鏡の奥には思索的な瞳《ひとみ》をもち、それがいつも憂鬱《ゆううつ》そうにみえるくらいであった。口も重かった。裸蠟燭の明りだったが、この最初にうけた印象は岡谷にとって最後まで変らなかった。

四人の話題は、まずハノイにむかってＩＣＣ機がビエンチャン空港から、いつ、飛び立つかにあった。岡谷と原田は、このビエンチャンにきて、もう三週間も待たされていた。ＩＣＣ機は週二回、南ベトナムのサイゴンと北のハノイとを往復することになっているが、いつもビエンチャン空港どまりでそこから南のサイゴンへ引返した。北ベトナムの天候が悪くて、ハノイのジアラム空港にむけて飛べないという空港係員の説明であった。じじつ、毎年二月から四月はじめにかけて、北ベトナムは、トンキン湾から上る水蒸気が停滞した低気圧となって西のアンナン山脈に衝突し、梅雨期のように毎日霖雨《りんう》をふらす。山脈を境にたとえ西側が晴れていても駄目なのだ。げんにプセール夫人もマートン教授もＩＣＣ機がハノイに行くことができないとの情報で、プノンペンに二週間足踏みをしていたのだが、堪えがたくなって、とにかく少しでも北ベトナムに近い、このビエンチャンまできたということだった。

だが、意外なことに、両人は以前からの知り合いではなく、パリのオルリ空港からプノンペン行のエール・フランス機の中で偶然にも隣席に坐《すわ》り、話しているうちに目的地が同じだとわかり、マートン教授のほうから危険な旅行のエスコートを彼女に申し入れたというのである。護衛は当然なことで、旅行はＢ52機が無差別に落す爆弾の下である。プノンペンではオテル・ロワイヤルに宿泊したが、中庭のプールのわきにたれ下がるブーゲンビリヤの真赤な花の房と、食卓に贅沢《ぜいたく》にばら撒《ま》かれた白いジャスミンの花の芳香が素敵だった、と女流詩人は言い、また両人で、飛行機待ちの期間を利用して二日ほどアンコール・ワットの遺蹟《いせき》を見物してきたと言った。

メコン河の水を見下ろす「百万の象《ランサン》」ホテルでは、ベルギーの女流詩人とカナダの大学教授の部屋は隣りどうしであり、廊下を隔てて、岡谷と原田の二部屋のまむかいであった。日本人二人の部屋のすぐ前をとったのも、両人が隣り合せの部屋をとったのも、かれら自らの申込みではなかったろう。たぶん、フロントのタイ人の客室係がパスポートを見て、四人が同一目的地になっているのを知り、前から入っている日本人の部屋の前に、ひとかたまりのつもりで、フランス系のベルギー婦人とカナダの学者と二部屋を配分したにちがいなかった。

岡谷と原田とは、毎夜の徒然《つれづれ》もあって、三キロばかりはなれているドン・パラン地区のひどいキャバレーに憂《う》さ晴らしに出かけたが、女流詩人と教授とは一度もそこへは足を踏み入れなかった。原田が誘っても、教授は沈重な顔にいっそう気乗りのしない表情を浮べて、ありがとう、しかし、と辞退するだけであった。

それなのに、このホテルの一階にあるバーに、満面に愛想のよい微笑をたたえるセール夫人のあとに従って、まったくエスコート役のようにマートン博士がいくらかうつむき加減だが、明るい顔で、それも少年のように頰をあからめて入ってくるのだった。バーには、このビエンチャンの米軍基地に駐在するCIA要員たち（かれらはあきらかに軍人だったが、中立を標榜《ひょうぼう》するラオス政府がアメリカ軍隊の駐留を拒絶していたので、シビリアンの姿になっていた）が、自由港（ビエンチャンはフリーポートだった）の輸入豊富なスコッチウイスキーをあおり、これも平服で飲みにきているラオスの将軍や高級将校たちと談笑していた。

この連中は、タイのウドンターニーにあるアメリカ空軍基地にむけて、耳に入ってくる隣の敵国の情報を日課として無線連絡しているにちがいなかった。さすがに連中は、こっちの四人組の目的地を知っていて、中年女性の魅力を十分にもったフランス系婦人がバーに現われても冷やかに黙殺していた。しぜんと日本人の二人組と、女流詩人と教授の二人組とは、さいわいなことに、このCIAとラオス軍人だらけのバーでは孤立した。

岡谷と原田とは、そうそういつも夫人と学者に話しかけるわけにはゆかず、すでに二週間も経《た》っていて話題も尽きたので、向うの二人組はむこうまかせという格好になった。それに——心なしか閨秀《けいしゆう》詩人と教授のあいだになにやら靉靆《あいたい》たる雰囲気のかもしだされているのが感じとられるようで、よけいに寄りつきがたくなったのである。

教授にはオタワに妻子がいるという。女流詩人にはアンベルス（アントワープ）に夫がいて、海運会社を経営しているという話であった。若い者どうしではあるまいし、知識人であり、社会的地位のある両人が無分別なことをするわけはなかった。

けれども、岡谷にはなんとなく両人の間が臭いような気がする。いったい男女が、それほど年輩でもないのに、二週間以上もプノンペンのホテルに泊っていて、なにごとも起らなかったのであろうか。もちろん部屋は別々だったろう。が、夜ふけになって相互の訪問は自由である。セール夫人は、ホテルのブーゲンビリヤの鮮やかな紅《くれない》と、食卓に撒かれたジャスミンの芳香を賞《ほ》めていた。あの南国の真紅の色と、南国の強い芳香とが、両人の感覚とくにフランス系ベルギー女性の情熱的な官能に、まったく何も愬《うった》えなかったであろうか。

二日ほどアンコール・ワットを二人で見てまわったというが、その遺蹟のあるシエムレアプはプノンペンから飛行機でほぼ一時間かかる田舎町である。そのような地方観光ホテルだったら、両人は気楽に一つ部屋をとったかしれない。

岡谷のこの疑いは日が経つにつれ、うすれるどころか、ますます濃くなっていった。二人は食堂に下りるのもいっしょなら、そこをひき上げるのもいっしょであり、メコン河畔の散策や市内の仏教寺を見に行くのも同伴、ホテルのロビーに置かれた飾りものの銅鼓《どうこ》のわきを通って階段を上るのもはなればなれではなかった。それはエスコートする者とされる者の間柄ではなく、夫婦のように傍《はた》の者には見えた。それを意識してか教授の表情にはいつも少年のようなはじらいがみえていた。

こんな疑問は、岡谷もさすがに原田に言えなかった。

ある晩、岡谷は部屋で原稿を書いていた。飛行機待ちの時間つぶしといってもいい。じっさい三週間もこの退屈なビエンチャンにいてはうんざりする。出版社にたのまれた仕事だが、原稿にとりかかってみるとしだいに気持が乗ってきていた。

午前零時十分、岡谷は対《むか》いの部屋のドアが忍びやかに開く音を耳にした。机の上に置いた時計を見たから、時刻は正確である。廊下を隔てた北側客室の一列は欧米人の客ばかりで、そのほぼ中央にセール夫人の部屋とマートン教授の部屋とが隣り合っていた。その南側客室の中ほどが岡谷と原田の部屋だが、原田は早くから寝込んでいるようだった。

ドアの錠をあけるカチリという小さな音は、五秒くらい間隔をおいて、隣の部屋を内側から細く開けるドアの音につづいた。それはあきらかに部屋のあるじが深夜の訪問者を親しく迎え入れた様子であった。ノックも何もなかったのだから、たぶん訪問の打合せは事前になされたにちがいない。廊下の足音は聞えなかった。訪問したほうが教授であることに間違いはない。教授の部屋はこちらからいって向って左側、夫人の部屋は向って右隣であった。

二時二十分、右側のドアがかすかに開く音を聞かせ、こんどは廊下を抜き足さし足のスリッパの音が聞えたかと思うと、それは三秒くらいで左側のドアを低く軋《きし》らせて入った。つづいて錠が落ちる小さな音がした。

もはや、疑問は事実となったと岡谷は思った。プノンペンでの二週間の飛行機待ちのあいだ、ブーゲンビリヤの燃え立つ真紅と、快感をつのらせるジャスミンの匂《にお》いとは、やはり男女の接近に効果を与えたのだ。エスコートしてくれる教授に、感受性の豊かな女流詩人が友情以上の気持をしだいに育《はぐく》むようになり、中年の初心《うぶ》な教授がそれに誘いこまれたとしても不自然ではなかった。アンベルスに夫のいるマダム・セールと、オタワに妻子を置いてきたプロフェッサー・マートンとは、あきらかに旅先のアヴァンチュールをたのしんでいる。が、その解放感は、ただの観光旅行ではなく、これからアメリカと戦う国に入る旅であった。だれが生命の安全を保障し得ようか。エスコートするほうもされるほうも当然一心同体の心理になるだろう。

あくる朝、岡谷が原田と下の食堂におりると、セール夫人とマートン教授とはさしむかいでハム・エッグとパンの朝食を食べていた。二人は親しそうに話していた。が、その親密ぶりは前からのものであって、昨夜の「音」を聞いた岡谷にはそれと符合するようなきわだった両人の様子はみられなかった。

だが、その晩も次の晩も、自室でペンを走らせる岡谷は零時すぎごろから左側の部屋と右側の部屋とを往復する忍びやかな音を聞いた。このホテルの防音装置の悪さは両人にとって不運であった。すぐ前の部屋に日本人が泊っていることに教授と女流詩人とはどんなに気をつかっていたことか。

三月十七日にインドシナ国際休戦監視委の連絡機ストラトライナーはようやくのことで夜の雲をくぐりぬけてハノイ・ジアラム空港に降りた。

この機で到着した招待客はすべて旧植民地時代に建てられたフランス式の古びたトンニャット・ホテルに収容された。部屋の割りあては管理委員会の手でおこなわれたが、岡谷は三階、原田は二階であった。はじめは女流詩人と大学教授の部屋がどこだかわからなかったが、コの字形になっているホテルの右翼二階であることはたしかだった。これは教授や夫人が希望したとは思えない。客が要求しても委員会はホテルの番頭ではないから既定方針によってそれをしりぞける。

岡谷と原田についたのは日本語のうまい男のベトナム人通訳だったが、女流詩人と教授とにはベトナム婦人の通訳がついていた。つまりジネット・ド・セールとジェームス・マートンとは委員会公認のかたちでひと組になって行動するのである。

ハノイ市の中心地は「聖域」として米空軍の爆撃から除外されて無事だったが、一歩でも郊外近くに出ると、爆撃による廃墟《はいきょ》がいたるところにあった。ホテルに着くまでに見たのだが、空港横の車輛《しやりよう》工場は闇《やみ》の中に残骸《ざんがい》だけになっていたし、北ベトナムいちばんの大河紅河《ホンハウ》にかかったロンビエン鉄橋は川の中に鉄骨を折り重ねて崩れ落ちていた。かわりとして工作部隊の手で浮揚性の鉄函《てつぱこ》をならべた「浮橋」ができている。中国ふうな民家は漆喰《しつくい》の壁だけを残して瓦礫《がれき》の山となっていた。

郊外の文教地区にある校舎はあとかたもなくつぶされ、黒い灰燼《かいじん》の広場となっていた。病院も教会も寺院もその例外ではなかった。すべての橋梁《きようりよう》には、爆撃機を邀《むか》え撃つためにカービン銃を肩にした女の民兵が立っていた。彼女らは市内のビルの屋上、民家の屋根の上にも身をひそめていた。はなれた街道では、地対空ミサイルを木の葉や草の下に積んだ大きな軍用トラックが何台も楡《にれ》とポプラの並木の下を通過し、車上には全身樹木のような兵士が鈴なりに乗っていた。市中の路地では婦人たちの群れがコンクリートのタコ壺《つぼ》の製造に従事していた。市街には荷車や三輪車に防衛用物資を積んで機敏に動く市民の姿しかなかった。

夜な夜な空襲があった。暗い空に探照燈《たんしょうとう》がいくつも交差し、そのなかにとらえられたB52機が近くの白い雲をとりいれて銀色に光った。どこから放つのか、ほうぼうでミサイルの色とりどりの曳光弾《えいこうだん》が花火のように上り、爆弾の落ちる音とミサイルの音とが混りあい、地上を揺るがした。

覚悟してきたが、ビエンチャンとは天と地の違いであった。あるいは極楽と地獄の相違といっていいかもしれない。北ベトナム政府では、アメリカの非人道的な爆撃の実態を世界に知らせてもらうために、制限された文化人を世界から招待したのであった。

その目的によって、招待者は通訳兼案内人にみちびかれて、各地方を視察してまわる。それは訪問者の自由意志ではなく、委員会があらかじめ決定したスケジュールであった。委員会は外国からきた客の人命安全にもっとも注意を払い、行動予定はそれを基本につくられていた。

地方に出る前、市内の施設を見ることが多かったので、岡谷と原田はトンニャット・ホテルを出たり入ったりした。それで女流詩人や教授ともゆっくり話し合う時間がなかった。ベトナム料理とかんたんなフランス料理とを出す朝の食堂でいっしょになるくらいだったが、向うははなれた場所にテーブルをとってのさしむかいだった。岡谷らがあとから食堂にきてもその隣のテーブルに招くではなく、夫人と教授があとからやってきてもこちらの席に近づいてくるでもなかった。両人は、まるで再婚したてのようにうきうきとしていて、他人に邪魔されたくないようだった。

両人がとなりどうしの部屋かどうかはやはりわからなかった。こればかりはホテル管理委員会に訊《き》くわけにゆかなかった。けれども推測はできた。その手がかりは空襲だった。

空襲は毎晩あった。それも一夜に三回も四回もあった。ひと晩も欠かさなかった。ホテル内に空襲警報が鳴ると、全照明は三十秒にして消えた。この三十秒のあいだにベッドから起き、身支度を整えて靴をはき、鉄帽と懐中電灯をつかんで、エレベーターのとまった階段を歩いて降り、裏庭の防空壕《シェルター》にできるだけ早くもぐりこまねばならなかった。防空壕は半地下室になった細長い小屋で、五十人ぐらいは収容できた。

それで、空襲時、ここではホテルの泊り客のほとんどの顔ぶれを見ることができる。いつも真先に入っているのが青い詰衿服《つめえりふく》の中国人の鉄道工作隊の代表団十人ばかりだった。他の客のだれも中国人のシェルター一番乗りを超えることはできなかった。たぶん、かれらの部屋が防空壕にいちばん近かったからであろう。爆撃とミサイルの音で地響きするシェルターの中はちょっとした談話室の風景だったが、毛《もう》語録の赤い小型本をポケットにのぞかせた中国鉄道工作隊の代表団はいつも無表情な顔で不機嫌に沈黙していた。

そのなかで、セール夫人は派手な色と柄のネグリジェをきて鉄帽をかぶっていた。マートン教授を従えて入ってくるのだった。教授のほうはさすがにきちんとした身支度だった。

両人の部屋が隣り合せでなければ、すくなくともすぐ近くでなければ、こうも両人お揃《そろ》いでシェルターに走りこんでくることはできないように思われた。しかし、空襲警報のサイレンが鳴って三十秒で、ホテルじゅうのすべての灯が消滅するちょうどその時間、教授が女流詩人の部屋にいたら、カップルでシェルターに入りにくるのは確実に可能だった。また、別々の部屋に居ても、教授がノックして彼女の部屋に入り、ベッドの彼女を急がせるうちに、三十秒は経って暗黒になってしまう。照明といったら、教授の握っている懐中電灯だけだった。暗黒の部屋内の男女は空襲の中に立っている。異常事態の環境が女性の性的心理を増進するのは、西洋の小説にも出てくる。それに空襲警報は一晩に三回もあってほとんど安眠できぬくらいであり、それが毎晩だったから、女流詩人と教授のあいだの、そうした機会は頻繁に生じ得るはずだった。

ある晩、シェルターを皆で出るとき、教授がセール夫人をふりかえって、ジネット、とやさしく呼んだ。男が女性のファスト・ネームをよぶのは親密な仲の表現で、それがただちに恋人どうしを意味しないが、このばあいはまちがいなく愛人どうしと判定してよかった。

朝、岡谷たちがロビーで通訳兼案内人がくるのを待っているときなど、女流詩人と教授がベトナム女性通訳につれられて一足先に出て行くのに出遭った。鉄帽を背負った女流詩人はまるでピクニックに出かけるようにほがらかだし、エスコートの教授はかくしきれないうれしさを満面の微笑にこぼしていた。かれらの眼には爆撃も戦争もないようだった。もしかすると、アメリカ空軍は原爆を使用するかもしれないとの噂《うわさ》が流れ、ホテルの宿泊人たちが一様に緊張しているなかで、この二人はとくべつな存在だった。

岡谷と原田はハノイから地方に出た。各地の宿舎は完備したものではなかった。とくに北部のホワビン市のそれは、竹の柱にアンペラの壁を張り、照明は蠟燭《ろうそく》の火だった。ニッパハウスと少しもかわらず、それよりか劣っていた。それはそれでロマンティックなのだが、共同のトイレが屋外で、五十メートルくらいはなれていた。しかもそこへ行くには生い繁《しげ》った草のあいだについた小径《こみち》を伝わって斜面へ降りなければならなかった。闇のなかを懐中電灯だよりでは草の中にひそむ蛇をいまにも踏んづけそうで気が気でなかった。このへんには草の色をした毒蛇がいてうしろから飛びかかってくると聞いた。

ホワビン省からラオス国境に近いライチョウ県までは高原地帯で、ここはタイの基地を発進したB52のハノイ侵入の往復ルートにあたった。帰りの爆撃機はここで剰《あま》った爆弾をみんな捨ててしまう。高原のいたるところに大穴ができていた。民間の警備係によって空襲警報が出されると、車から降りて林の中に逃げこみ身をひそめねばならなかった。B52は無目標に爆弾を捨てて行くのだから、偶然の不運にいつなんどき出会わないともかぎらなかった。

早春の高原は、まだ黄色くうら枯れたままで木立ちのなかに身を潜めると甘い枯草の匂いがした。すみれに似た花もある。上を米機が轟音《ごうおん》を鳴らして過ぎてゆく。地を揺るがして爆弾が落ち、木や土が黒煙のようにあがった。ここには地対空のミサイルは設置してなかった。

三日間の地方の旅から帰ると、セール夫人とマートン教授の姿がホテルになかった。岡谷らと同じコースを二日おくれて出発したということだった。ホワビンのニッパハウス式のホテルで両人はどのような夜を送っただろうかと、またしても岡谷は想像するのだった。通訳兼案内人のベトナム女性はたぶんはなれた部屋をとっていただろう。ガイドは護衛の役以外、客たちの私生活に干渉しないのがしきたりであった。ハノイのホテルでさえ、客が部屋に入ったが最後、世話人たちは引き退《さが》る。メイドが廊下をうろうろするでもなく、警備員が客室の前を巡邏《じゅんら》するでもなかった。ホワビンの熱帯地のようなホテルが、そのトロピカルな原始風なしくみのゆえに、男女の情熱をかきたてないとは誰がいえよう。それこそサマセット・モームがさんざんに書き尽してきたテーマではないか。屋外の共同トイレに行くにも夫人は教授を敲《たた》き起して護衛をたのんだにちがいない。懐中電灯の光は斜面の草の間を降りてゆくが、そこには腕を組む二つの影が歩いている。星は出てなくとも、両人だけに見える明星があったはずである。高原の林の中にうつ伏せ、枯草の甘い匂いに鼻をつけて二人は一瞬の死の迎えを覚悟しながら身体《からだ》を固くよせ合っていたのであろう。

岡谷と原田は爆撃がもっとも激しいハイフォンに行き、ホンゲイを回った。橋梁は落ち、徒歩で仮橋《かりばし》を渡った。大きな川は竹を組んだ筏舟《いかだぶね》で渡った。すべてが夜の行動であった。とつぜん真赤な、強い閃光《せんこう》が行く手の地平線に起った。これが通行中の車輛に報《しら》せる空襲警報だった。五分と経《た》たないうちに車の両側から探照燈が伸び、B52の旋回を映し出す。車はライトを消して往還を全速力で突走った。赤、黄、青、色とりどりなミサイルの火箭《かせん》が断線となって空にうちあげられた。車を捨てて、並木の間につくられたタコツボの防空壕に入る。岡谷らのあとからくるはずの女流詩人と教授の恋の舞台にことは欠かなかった。

三月三十一日にアメリカは北爆を停止した。

四月五日、各国の平和委員会のメンバー、ジャーナリスト、科学者、文化人などハノイの訪問客たちはＩＣＣ機でビエンチャン空港に到着した。一通の電報が女流詩人を待っていた。

主人が船会社の用件も兼ねて、東京にきて待っていますの、とパリ経由ブリュッセル行を東京行にきりかえた彼女は岡谷に告げた。満面によろこびの色をあらわしていた。岡谷はマートン教授のほうをぬすみ見た。むろん教授は彼女の夫が東京に迎えに来ているのを彼女の口から聞かされているはずであった。教授の眼鏡の奥にある瞳《ひとみ》は、岡谷が初対面のときの思索的で沈鬱《ちんうつ》な表情に戻っていた。だが、ジネット・ド・セール夫人にたいするエスコートの態度はすこしも変りなかった。まるで迎えにきた主人の手に彼女を無事に渡すのが義務ででもあるかのように。

女流詩人の夫、アンベルスの船会社社長マルセル・ラングロワ氏は、その仕事の用事も兼ねてTホテルに一週間滞在の予定ということだった。東京に着いた三日目の昼、妻がハノイでお世話になったということで、岡谷と原田はラングロワ氏から食事の招待を受けた。オタワへ戻るマートン教授も、せっかく東京に来たのだからといって学友を訪ねるために違うホテルに滞在していたので、いっしょにラングロワ氏の招待に応じて来た。

マルセル・ラングロワ氏は年齢六十近い、白髪の、背の低い紳士であった。年齢の開きすぎることからして、あきらかにジネット・ド・セールとは再婚であった。船会社をもつラングロワ氏は丁重で、鷹揚《おうよう》で、その唇にはおだやかな微笑を漂わして、言葉少なかった。その眼差《まなざ》しは上気したようにはしゃぐ女流詩人の妻を、まるで娘を見るように愛《いとお》しがっていた。氏はまた客たちに十分に気をつかった。

無事の帰りに祝杯をあげる昼餐会《ランチヨン》は和やかで愉《たの》しいものだった。そのくせ、一本何かが抜けていた。たとえ夫人がどのように戦う北ベトナムの姿を話題にし、その危険に身を置いた体験を少々大げさに語ろうとも、そして岡谷や原田やマートン教授がそれに同調して話をふくらませても、会話が上すべりしていた。しかし、温和なラングロワ氏はそれに気づかず、終始聞き手にまわってにこにこしていた。彼は無事に還《かえ》ってきた妻との再会を人生至上の幸福と思い、それに陶酔しているようであった。

教授は冷静であった。饒舌《じょうぜつ》だが、女流詩人も冷静であった。両人は、ほとんど直接には口をきかず、視線も合わすことはなかった。だが、夫人が思わず熱心に詩人だけに比喩《ひゆ》を交えた豊かな表現で話をしているとき、ラングロワ氏はふいと岡谷にむかって片眼をつぶった。笑顔のままである。岡谷は、はっとした。わたしには妻のしたことが全部わかっていますよ、というラングロワ氏のサインのように思えた。

お互いの無事をもういちど祝い合って散会したあと、岡谷は原田の雑誌社に行った。

それから銀座で人と会ったりして夕方、Tホテル横を通ると、マートン教授の一人姿があった。声をかけようとして岡谷は教授が動くのを待った。教授は浮世絵の複製などを売っている店のショーウインドウを眼鏡ごしに、そして猫背になって、熱心にのぞきこんでいた。その背後まで近づいたが、教授はうしろに岡谷がいることにまだ気がつかない。教授の一心に見ている浮世絵は「大川端夕涼之図」だった。すだれを揚げて美女をのぞかせた屋形船《やかたぶね》の上には濃紺の夜空がひろがり、花火が咲いていた。花火には赤、黄、白、うす青の彩色がほどこしてある。岡谷は黙って教授の背中を通りすぎた。浮世絵の花火が、地対空ミサイルの夜空にうちあげる曳光弾の色と重なっていた。教授の眼は、花火の下の屋形船のかわりにベトナムでの女流詩人と自分の姿とをそこに置いているにちがいない。消えた火箭をなつかしむように猫背の教授は身じろぎもしていなかった。ショーウインドウの前は彼だけで、ほかにだれもたちどまってはいなかった。すぐ横のホテルには、ベルギーの船会社の社長と、詩人であるその妻とが泊っている。

一年後、女流詩人ジネット・ド・セールの「戦火のベトナムを駆ける」が日本でも発売された。岡谷は丸善でそれを見つけて買って読んだ。うつくしくて、繊細で、感覚的な文章であった。しかし、ジェームス・マートン教授の名は一行も出てなかった。いや、ビエンチャンからハノイ行のＩＣＣ機の乗客一行の一人として「カナダの大学教授」という名が一箇所だけ出ていた。この女流詩人は、もっとも書きたいところを万感の空間に閉じこめているのかもしれなかった。

妻からこの著書を贈られた銀髪のマルセル・ラングロワ氏は、はたしてひとりで片眼をつむっただろうか。——

見送って

結婚披露宴は都内の著名なホテルで行われた。だが、ホテル内に三つある式場のなかでもっとも小さいのが使用された。招待客の数は二百人と少し。午後五時から開かれた。

司会者は新郎がつとめている銀行の同僚だった。媒酌人は専務夫妻であった。専務は五十すぎの肥《ふと》った男で酒好きらしい赤ら顔である。新婦の傍に立っている奥さんは瘠《や》せていた。

「一時間前に神前において新郎広瀬信雄君と新婦島村悠紀子《ゆきこ》さんとの結婚式がめでたく執りおこなわれましたことを皆さまに、まずご報告申上げます」

媒酌人は荘重な口調で、型のごとく新郎の家系、家族関係、その生立ちなどを述べたあと新婦のことに移った。専務はメモに眼を落し放しだった。

「悠紀子さんのお父さまは島村芳正さまとおっしゃる方で、A鉄鋼株式会社におつとめになられていましたが、いまから二十二年前に課の次長をされておられたとき、惜しいことに病気で亡《な》くなられました。以来、悠紀子さんは一人娘としてお母さまの基《もと》子《こ》さんの厳格な躾《しつけ》とご慈愛のもとに成長され、昨年の春、T女子大の英文学科を優秀な成績でご卒業になったのであります。ご家庭には芳正さまのお母さま、悠紀子さんのお祖母《ばあ》さまがお元気でいられます。なにぶんにも七十三歳のご高齢でありますので、この席には残念ながらお見えになれませんでしたが、こうして新郎とならんでおられる孫娘の美しい花嫁姿をごらんになったら、どんなにかおよろこびでしょう。お祖母さまはあとで結婚式ならびにこの披露宴のお写真をたくさん見られるのを愉《たの》しみにしておられるそうであります」

最後方左隅にあたる新婦側の親族席には、四十五、六歳の面長な顔と撫《な》で肩の婦人がうつむいて、ときどきハンカチを眼に当てていた。悠紀子の母の基子だった。

その横に、丈の高い五十前後の男と眼鏡をかけた小肥りの同年ぐらいの女が坐《すわ》っていた。悠紀子の亡父の妹夫婦であった。

「島村家の祖は幕臣でございまして、悠紀子さんのお祖父《じい》さまは都内で私立学園を経営しておられました。ご自宅は荻窪にございまして、近衛《このえ》公の荻外《てきがい》荘の近くでございます。広い地所をお持ちでございますが、そのお祖父さまも五十半ばにしてお亡くなりになりました。そういうご家庭でございますが、ご家風はまさに幕臣の流れをくんでおられ、悠紀子さんはこのお祖母さまとお母さまの厳格ではありますが、まことに床しい、馥郁《ふくいく》たるお躾によって成長されたのであります。したがいまして、近ごろの一部の若い女性のように、男の子かと見紛《みまが》うようなタイプのお方では絶対にございません。謙虚で、理知的で、礼儀正しく、いまごろまだこういうお嬢さんがおられたかと、じつはこんどわたくし媒酌をひきうけましてからお眼にかかって非常におどろき、かつ、喜んだのでございます。それに、お母さまがたいへんにご立派な方で、このお母さまにして悠紀子さんがあったのだとわたくしども夫婦は感銘いたしたのでございます」

新婦側の上座の席には、五十年配の紳士五人が一つテーブルに就いていた。媒酌人の挨拶《あいさつ》が終り、新郎側の最初の客が祝辞を述べたあと、司会者が、では、新婦のお父さまの同僚であられたA鉄鋼株式会社常務取締役吉岡久雄さまのお言葉を頂戴《ちょうだい》しとうございます、とその席へ顔をむけた。ボーイがマイクを椅子《いす》から立った白髪《しらが》まじりの恰幅《かっぷく》のいい男の前に運んだ。

「ご指名にあずかりました吉岡でございます。悠紀子さん、おめでとう。心からお祝いを申上げます」

常務は正面席に一礼し、次に来会者のほうに視線をゆっくりとまわした。馴《な》れた態度であった。

「わたくしは悠紀子さんのお父さまの島村君とはいまから二十二年前に会社で机をならべていた者でございます。わたくしの横におりまする筒井、島田、岡村、杉山の諸君も同様でございます。また、本日はやむなき所用があって残念ながら見えておりません内海君も同じ昔の島村君の仲間でございます。わたくしどもには、いま島村君が健在であればというただこの一言の感慨に尽きるのでございます。島村君は誠実で、仕事がよく出来、しかも寡黙《かもく》で、まさに若いながらも古武士の風格がございました。幕臣のお家がらと承っておりましたが、さこそとうなずけるのでございます。われわれ同僚で島村君の味わい深い人格に傾倒しないものはなかったのでございます。それで島村君の没後もしばらくは同僚六、七人で島村会と名づけ、その祥月命日には集まって島村君のお宅にうかがい、同君の想《おも》い出を語り合ったことでございます。今日の花嫁姿の悠紀子さんがまだ二つから五つくらいのあいだのときで、よちよち歩きのときから走りまわってはしゃいでおられるころまで、その成長ぶりを眼《ま》のあたりに拝見したものでございました」

常務は末席をふり返り、そこから遠い視線をむけた。

「あの節は奥さんの基子さんにずいぶんお世話になりました。奥さん、本日はほんとうにおめでとうございます」

常務の挨拶に基子はていねいに頭をさげた。そうしてまたハンカチを眼にあてた。常務は向きをもとへ戻した。

「ただいま、ご媒酌人のお話にもありましたように、島村君のご尊父は教育家であられたため、そのご家庭は厳格であり、われわれは同家におうかがいしても思わず襟《えり》を正したものでございます。ご尊父はすでにご他界でしたが、ご母堂はお元気でおられ、いかにも教育家のご主人に内助を尽されたといった賢夫人でありました。島村君の折目正しい行儀《ビヘイバー》は、このご母堂の薫陶《くんとう》によるものと存じます。このご母堂のご指導と感化をうけられた奥さんは、じつに申し分のない床しい性格のお方で、ご母堂によく仕えられ、また和歌の道にも励まれる情操ゆたかな方で、当時われわれはそのような奥さんをもたれた島村君を羨望《せんぼう》したものであります。悠紀子さんもかならずやお母さんの血をうけておられましょうから、新郎もまた、曾《かつ》てのわれわれと同じように、ご友人たちから羨《うらや》ましがられると思います。……」

いくらか渋いが、マイクによく乗った声が場内に流れた。

――悠紀子には、この亡き父の友人に見おぼえはなかった。その横にいる五十前後の四人にも同じだった。しかし、言われてみると、かすかな記憶がないでもなかった。広座敷に七、八人の男たちが坐っていて次々と自分を抱き上げてくれていた。四歳か五歳くらいのときだったように思う。若かった母が皆をもてなしていた。その情景が影絵のように残っている。吉岡さんという常務にまで出世した父の友人が言うように、それが「島村会」の集りだったのである。生れて一年も経《た》たないうちに死んだ父にはまるきり記憶がない。写真で顔を知るだけであった。

「島村会」の人たちは、母の言葉によると、年に一度のそれが五、六年も経つと自然に消滅した。地方に転勤する人があったり、多忙になったりしてばらばらになったからである。それでも二人がその後も三年ほど家に来ていた。七つか八つのときだから、顔に記憶はないが、母から聞いて名前をおぼえている。内海さんと山田さんだった。内海さんはこの席にはよんどころない用事で見えてなく、山田さんは十年前に亡くなった。

母は娘のころから短歌をつくっていた。吉岡さんがふれたのはそのことで、父と結婚してもつづけていた。本格的に勉強をはじめたのは父の死後で、渋谷にある女流歌人の短歌の結社に入っていた。これはいまでもつづいている。姑《しゅうとめ》に仕えていた悠紀子の母には、この歌会に出席するのが何よりの憩《いこ》いであり、愉しみであった。

マイクは新郎の側からふたたび新婦側に回された。短歌の同好者で新婦のお母さまのお友だちである下条政子さんにお言葉を、と司会者が言った。

「下条でございます。悠紀子さん、おめでとうございます。それから何よりも、基子さん、おめでとうございます」

眼鏡をきらきら光らせながら下条政子は基子へ軽く頭をさげた。顔のまるい、庶民的な感じのする五十女だった。

「わたくしは、基子さんとは十年来、お親しくねがっている者でございます。わたくしも拙《つたな》い短歌をつくっておりますので、結社の歌会でよくごいっしょになり、荻窪のお宅にも寄せていただいております。その節、お姑《かあ》さまにも、悠紀子さんにもお目にかかり、ご家庭はよく存じ上げております。わたくし、つくづく思いますことは、基子さんは世にも稀《まれ》な嫁の道を守ってこられた方《かた》だということでございます。さきほども、ご主人のご友人吉岡さまのお言葉にもありましたように、島村家は教育家の家庭として、また幕臣の流れをくむ素封家として、普通の家庭よりはきびしい家風のように拝見いたします。そのなかで、基子さんがご主人亡きあとひたすらお姑さんにお仕えになって、ご孝養を尽されるお姿は、これはもう何と申しましょうか、麗《うるわ》しいともお美しいとも言いようがなく、現代婦道の鑑《かがみ》だと存じます。近ごろでは、核家族などと申して、息子夫婦は親から離れて住みたがり、また、父親が亡くなったあとの母親の面倒を嫌がる、それも息子の嫁が姑との同居を拒むために、母親は息子や娘の嫁入り先の家庭を転々とするような気の毒な状態でございます。その嫁たちのドライさが現代風だということでございますが、わたくしのような旧《ふる》い女にはなんとも感心ができません。そのなかにあって基子さんのような方はまさに白菊のような清冽《せいれつ》さと、えもいわれぬ芳香とを放っておられます。これはここにお見えになっておられないお姑さまには少々申しわけない言い方になりますが、あの厳格なお姑さんに基子さんはよくぞお仕えになった、これまで波風一つ立てぬくらいにお姑さんによくぞ忍従されてきた、と思うのでございます。それは長い間のことですから、基子さんの感情にもさまざまな起伏があったと存じますが、基子さんは親しいわたくしにもついぞ愚痴めいたことや不満のかけらもお洩《も》らしになったことがないのでございます。わたくしもいろいろな女性を見てきておりますが、基子さんのようによくできたお方はほかにございません。わたくしは欠点の多い女でございますから、基子さんの感化をうけて、できるだけよい女になろうとご交際をねがっているのでございますが、なかなかあそこまでには参りません。短歌にいたしましても、基子さんのは素直で、やさしく、明るく、すこしもいじけたところや暗いところがございません。失礼ですが、あのご家庭の環境を存じ上げている者には、だれでもおどろきでございます。これは基子さんがご主人を心から愛されていた、その延長線がお姑さんへの孝養となっているように思われ、わたくしどもは感動しているのでございます。そうして、ひたすらご主人との想い出である一人娘の悠紀子さんに愛情を注がれてこられたのであります。わたくしは今日お嬢さまのめでたいお式を迎えられた基子さんのお気持をお察しして、うれし泪《なみだ》が出てくるのでございます」

——母には忍従という言葉がよくあたっていると悠紀子は思った。

祖母は以前からやかましいひとである。それに母が口応《くちごた》えするのを悠紀子は聞いたことがなかった。台所に立って忍び泣きしている母、蒲団《ふとん》の中で泪を流している母を幼いときになんども見たことがあった。理由がわからず悠紀子まで泣くと、母はしっかりと彼女を抱きしめて頬ずりした。母の頬は水がかかったように冷たく濡《ぬ》れていた。

父が死んだあと、島村家より籍を抜いて帰る話が何度も実家からあったそうである。それを母は断わってきた。再縁すれば悠紀子を実家に置くか、再縁先に連れて行かなければならない。それが耐えがたいために島村家にとどまった。悠紀子が生れたとき、母はまだ二十二歳の若さであった。

この話は、末席に母とならんでいる眼鏡をかけた叔母から悠紀子は聞かされた。父の妹で、母とは同年である。もっとも、嫌な話もよそから聞いたことがある。母が島村家から去らないのは財産に惹《ひ》かれているからだというのである。同じ席に坐っている肥った叔母の伴《つ》れ合いが言ったというのである。たぶん母の耳にもその話は入っていることだろう。

娘のときから短歌が好きだった母が、渋谷の結社に行くようになったのは、十数年前からだった。悠紀子が成長したので、母もようやく十日に一度、半日だけ解放される時間がとれるようになったのだった。これが家や姑に縛りつけられた母の唯一《ゆいいつ》の逃避時間であり、愉しみであった。

いまスピーチをした下条政子は母の歌友であった。ほかに同じ結社仲間の浜島和枝がいる。このひとは下条さんよりは母と親しいようである。よく電話がかかってきて母とは歌の話をしている。今日は子供が病気とかで出席していない。

ここ四年ぐらい母の作歌が評判がよく、先生からも賞《ほ》められるといって母は歌会に行くのに励みが出たようだった。月三度の歌会は、午後一時から結社を主宰する渋谷の先生の家でおこなわれる。母はたいていいきいきとした顔で帰宅した。

三年前の秋、母ははじめて結社主催による一泊の吟行に参加した。なんでも信州の伊那地方ということだった。祖母はあまり賛成しなかったが、悠紀子が母に味方して説得したので、祖母も渋々許した。連絡に電話してくるのは浜島和枝だった。

けれども、悠紀子にはいまだに解けない母の歌があった。母が買物に出た留守に、何かをさがすときに母の机の中にあった「万葉集の旅」という本をなんの思いもなく開いたときである。そこに挟んだ二つ折りの紙片があったので、開いてみると、ペンで四首書きつけてあった。

あくがるるものとのみこそ見て来つれ　雲はてしなくわが下を過ぐ

宵やみの化野原《あだしのはら》もおそれむや　み手藉《か》したまふ君をたのめば

お伴《とも》せし二日なる旅こしかたの　幾年月《いくとしつき》よりなほ愛《かな》しかり

もみぢ葉の色いまだし八瀬の路《みち》　紅《あか》きは君がみなさけと見し

秋、二日の旅——といえば母が行った三年前の歌会吟行である。だが、あれは信州伊那であった。ところがこの歌では、旅客機で大阪空港へ行き、京都を回ったことになっている。それには同伴者があった。その同伴者を「君」と書いている。歌での「君」は夫や恋人を表現する語だとは、学校で万葉集を習ったときに教師から教わった。悠紀子は母が京都に行ったという話を一度も聞いていなかった。母が飛行機に乗った経験も聞いていない。父の死後、旅の機会がない母であった。

この短歌は母の虚構《フィクション》であろうか。和歌でもそれがゆるされる。だが、母にそういう傾向はなかった。見たもの、眼にふれたものを詠《よ》む写実主義者であった。主情はその上に構築されていた。この四首は母の日ごろのものとかけはなれている。あまりになまなましい情趣が出ている。

二日間の旅が幾年月よりなお愛しとは、化野の夕闇《ゆうやみ》に手をかしてくれた「君」と共に居たことであり、それが長かった母の孤独の終末を暗示している。

あの「吟行」から帰った母がいつになく上気して顔色がかがやいていたことを悠紀子は想い出すのだ。とくべつに化粧もしないのに母は前より若くみえ、顔色が艶々《つやつや》とし、うつくしくなったのが、ここ三、四年のあいだであった。

悠紀子はこの四首の短歌のことが母にとうとう訊《き》けなかった。偶然にしてもぬすみ見したこともあったが、気持にはばかるものがあって、正面から母にたずねられなかった。家には祖母が居るのだ。

いったい「君」とはだれのことだろうか。この謎《なぞ》はいまだに悠紀子の胸にひそんでいる。母が秘めた謎を明かしてくれるのは、祖母の死後かもしれない。

悠紀子のこうした想いは、「お色直し」のため宴会場を退席し、美容室で化粧をなおしてもらい、ツーピースに着替えさせられているあいだもつづいた。……

媒酌人夫人の先導で、会場の拍手に迎えられて新郎の隣に戻ると、祝辞は悠紀子の友人からふたたびはじまった。参会者のなかでは最も華やいだ色彩のひと群れであった。

学校友だちの久野尚子が振袖《ふりそで》姿で立った。

「悠紀ちゃん、おめでとう」

「それから、おばさま、おめでとうございます」

久野尚子はその離れた場所から基子にぴょこんとおじぎをした。基子はほほ笑みながら頭をさげた。横にいる父の妹が眼鏡を光らせて姪《めい》の友だちに瞳《ひとみ》を凝らした。正面から彼女の眼鏡が光ると相手は睨《にら》みすえられたような気がする。

「わたくし、さきほどからご来賓の方々のお祝いのお言葉を追うようですけれど、何よりもまっさきにおばさまにおよろこびを申上げとうございます。悠紀ちゃんにはわるいけど、それをおばさまに申上げたくて、このご披露の宴にかけつけたんです。おばさまは、悠紀ちゃんの今夜の美しい花嫁姿をごらんになって、さきほどからハンカチをお眼に当てつづけでいらっしゃいますが、そのお気持はよくわたくしにはわかるんです。万感胸にせまってらっしゃるのです。たぶん、わたくしの結婚式のときには、わたくしの母は、おばさまの十分の一もハンカチを眼に当てないだろうと思います。それというのはおばさまと悠紀ちゃんのあいだはとくべつだからです。おばさまは、悠紀ちゃんを女手一つでお育てになりました。と同時に、きびしいお姑さんに柔順におつかえになりました。柔順に、というのは耐え忍んでと言ったほうがよいかもわかりません。さきほど、どなたかが、忍従とおっしゃいましたが、ほんとにそうだと思います。わたくしは嫁の忍従という言葉が封建的でイヤなんですが、悠紀ちゃんのお家《うち》に遊びに行って、お姑さんのために自分を殺しておつかえしてらっしゃるおばさまのお姿を見ると、なんだか崇高な感じさえいたしました。わたくしにはとうてい真似《まね》ができませんから、お姑さんの居ない家の縁談を択《えら》ぶつもりでいます。悠紀ちゃんのご縁づき先はお姑さんがいらっしゃらないと聞いて、わたくしはほっとしております。こんなことをスピーチで言うのは悪いかもしれませんが。……おばさまは素敵な方です。今夜の留袖のお姿を拝見すると、ほんとにそう思います。いつもよりはずっとおきれいで、お若く見えます。あでやかです。わたくしの母と同年とは信じられないくらいです。それも丹精こめられた悠紀ちゃんの結婚式がまるでごじぶんのことのようだからでしょう。ときどきハンカチで眼がしらをおさえてはいらっしゃいますけれど、とても潑溂《はつらつ》としてらっしゃいますわ。でも、このあとのおばさまがとても心配です。五日経ち、十日経ったのちに、いまの張りつめたお気持がくずれはしないかと懸念《けねん》します。だって毎日、手もとにおかれた悠紀ちゃんがもう居ないんですもの。わたくしは、これからのおばさまが短歌の道に専念されることによって悠紀ちゃんの居ない心の寂しさをお埋めになることと思います。おばさまのお歌は、悠紀ちゃんから、こっそり二、三首聞かせていただきましたが、おばさまらしい、やさしくて、すなおで、情感のこもったお歌です。すてきですわ。これからもいいお歌をつくってくださいね。……そこで、悠紀ちゃんの旦那《だんな》さまにおねがいがあります。奥さんをできるだけ頻繁に実家《さと》へ行かせてあげてください。おばさまがどんなによろこばれるかわかりませんわ。ぜひ、そうおねがいします。あら、いま、旦那さまが、にっこりとうなずかれました。うれしいわ。……悠紀ちゃんの結婚ご披露というのに、悠紀ちゃんのエピソードなどはちっともしゃべらないで、おばさまのことばかり申上げる結果になりました。悠紀ちゃんには、わたくしの気持がわかっていただけると思いますが、わたくしが少々上っているために、体裁のととのわないご挨拶《あいさつ》になったことをお詫《わ》びいたします」

だれもかれもが母を賞める、と悠紀子は聞いていた。

新婚旅行はハワイだった。その晩の十時発の予定だったので、悠紀子と夫とは空港のトランジットに九時には入っていた。悠紀子は大きな花束を抱えていた。見送り人のほうからも真空の障壁を隔てて透視できる「別れの窓」がある。それには二、三カ所、円い孔《あな》があいていて見送り人と出発する者とが通話できるようになっているので、そこに人だかりがしていた。

「あら、お母さま」

基子の義妹、亡夫の妹が七十三歳の老母を同じ見送り人のなかに見つけて意外そうに眼鏡を光らせた。結婚式にも出ていなかった母だった。

「いつ、こっちへいらしたの？」

「わたくしがお姑《かあ》さまをここにお呼びしたんです」

基子が横から言った。

「あなたが？」

「ご披露にはおいでいただけませんでしたが、せめて悠紀子とお婿《むこ》さんとが新婚旅行に出立するところをおかあさまに見ていただきたいと思いまして」

「年よりの母をこんな混雑した空港に遠い家から呼びよせるなんて、危ないじゃございませんの、お義姉《ねえ》さま」

「申しわけありません。謙次郎さんにおねがいして、ハイヤーで連れてきていただいたんです」

義妹の長男がうしろに立っていた。母親は息子を睨んだ。肥《ふと》ったその夫は基子に、

「急なことでしたね。前もってそんなお話はわれわれになかったのに」

と抗議めいた口調で言った。

「ごめんなさい。わたくしがふいと思いついたことですの。おかあさまに悠紀子の鹿《か》島《しま》立ちを見送っていただこうと思いまして。赤ン坊だった孫娘が奥さまになって立派な主人と新婚旅行に行くまでになったんですもの」

義妹夫婦は不服な表情で口をつぐんだ。

姑《しゅうとめ》は矍鑠《かくしゃく》としていた。七十すぎた老婆《ろうば》というところから披露宴には遠慮していたが、顔の色もいいし、頤《おとがい》が張って、骨太な体格であった。くぼんではいるが、眼はいきいきとして視力の衰えもみえなかった。腰もしっかりしたものだった。

新夫婦が内側から、通話孔《トーキング・ウィンドウ》に寄ってきた。

「おばあちゃま。行って参ります」

花束をかかえた悠紀子が、にこにこしながら向う側から祖母に挨拶した。

「おう、そうかい、そうかい」

姑は孫娘よりも、婿のほうをじろじろと見ていた。

搭乗の案内が流れた。悠紀子は母に花束を振って出て行った。片手に小型の白いスーツケースを提げ、お婿さんは両手に重いトランクを持っていた。

基子もスーツケースをさげていた。ホテルの披露宴からの留袖のままだったので、帰りの着替えでもが入っているように傍《はた》の眼には映った。

ジャンボ機が滑走路に出るまでの助走路をゆっくりと移動したので、見送りのベランダに立った基子は、見当をつけた機の窓の灯にむかってハンカチを振った。その一つの窓に花束らしいものが動いたが、それが悠紀子かどうかさだかではなかった。機の一列の灯は線になって斜め上むきに流れ、暗い空に遠去かって消えた。

見送りの一同はベランダを降りて出口のほうへむかった。基子はふいに途中で立ちどまった。

「おかあさま。悠紀子もああして発《た》ちました。ありがとうございました」

切り口上の調子なので、姑も、義妹夫婦もいっしょに足を停めた。

「わたくしもこれで親の責任をはたしました。悠紀子はいい旦那さんにめぐり会って、仕合せに暮してゆくことでしょう。……おかあさま、わたくしは、これからは自分の好きなように生きてゆきたいと思います」

「好きなように、とおっしゃるのは？」

義妹が気色《けしき》ばんで眼鏡の顔を寄せた。

「おかあさまにおねがいがございますの」

基子は、義妹夫婦を無視して姑をまっすぐに見つめて言った。

「芳正が亡《な》くなってから二十二年間、わたくしはおかあさまにお仕えしました。ご披露宴のスピーチで、どなたかが忍従というお言葉をつかってらっしゃいましたが、そこまでは申しませんけれど、自分というものを殺して、なるべく自分をセンチメンタルにしないで、おかあさまのおっしゃることに従ってまいりました。悠紀子がわたくしの手もとからはなれました今、正直に申しあげてやっと解放された気持です。このへんで自分の人間性をとり戻したいと思います。これからは自由な生活をさせていただきたいと存じます。二十二年ぶりにでございますよ、おかあさま」

「自由な生活をなさるというのは、どういうことですか?」

「島村家を去りたいと存じます。わたくしを離籍してください」

「基子さん、あんたは……」

「わがままを言って申訳ありません。でも、これは二年前から決心していたことでございます。悠紀子が結婚したら、と、それをいままで待っておりました」

「島村家を出てから、どうするんですか?」

「新しい生活を立てますが、いまはそれが申せません。そのうち、お耳に入ると存じます。ですから、籍を抜かせていただきます。島村家でのわたくしの務めは終りました」

「そうはまいりませんよ、お義姉さま。七十三歳の母がひとりで残ってるじゃありませんか。そのお世話の義務まで放棄なさるんですか？」

義妹が忿《いか》りと冷笑を交えて詰め寄った。

「それは、信子さん、あなたにおねがいします。あなたにとっておかあさまは真実の親ですもの。わたくしのお世話よりも、おかあさまはご安心なさるし、ご満足ですわ」

「しかし、いまになって、そりゃ、あんまり身勝手じゃないですかね？」

義妹の夫が突っかかってきた。基子はそれに顔をむけた。

「身勝手はじゅうぶんに承知しております。でも、わたくしも遅まきながら自由な生活に入りたいのです。わたくしが島村家の籍から抜けるのですから、おかあさまなきあと、遺産は、信子さん、みんなあなたがたのものですわ。土地などの不動産を含め、ほぼ四億円はあるとのことでございます。銀行で評価してもらいました。悠紀子には、一銭もいただかないように辞退させます。ただ、お断りしますけれど、わたくしは三カ月前に六千万円だけ頂戴《ちょうだい》しました。おかあさまには申しませんでしたが、芳正がわたくしの名義の土地を遺《のこ》しておいてくれました。銀行に頼み、その土地を売ってお金にしてもらったのでございます。わたくしの望む新しい生活のためには亡き芳正も許してくれると思います」

長いことお世話になりました、と基子は姑と義妹夫婦に礼を述べて、先にひとりで出口へ歩いた。スーツケースをもってタクシーに乗った。


半月ばかり経《た》って基子の消息が知人のあいだに伝わった。

基子が都内の西側にある町のモーテルを居ぬきで買って、その経営者になったというので、彼女を知る者はひとしく仰天した。

「このモーテルは、恋人といっしょに来ていた想《おも》い出の家なんです。恋人のくるのを待っているうちに経営者と親しくなり、こんどその方が郷里《くに》に帰られるというので、六千万円で譲ってもらいました」

基子は訪ねてきた親しい者に語った。その恋人の名を明かさなかったが、悠紀子の結婚披露宴に欠席した亡夫の同僚内海準一がそうではないかと想像する者もあった。内海は「島村会」が自然消滅したあとも、なおしばらく島村家に来ていたことが想い合わされたからである。電話の連絡には歌会の浜島和枝があたっていたという推測もあった。

誤訳

世界的な詩歌文学賞であるスキーベ賞の本年度受賞はペチェルク国の詩人プラク・ムル氏に決定した。来る三月二十日にデンマークの首都コペンハーゲンで授賞式が行われる。副賞は七万ドル。

外語大教授の麻生《あそう》静一郎は、この新聞外電を読む前にその内報をロンドンのジャネット・ネイビアからうけとっていた。ネイビア夫人は語学の天才ともいえるひとで、少なくとも十カ国語以上には通じていた。とくにいまは衰退し滅亡寸前となっている世界各地の少数民族（曾《かつ》ては繁栄せる民族であったが）の言葉を研究し、それぞれの会話も自由であった。ネイビア夫人はすぐれた言語学者でもあった。

《プラク・ムル氏（Pulaque Mur）が本年度のスキーベ賞の受賞者になる可能性は濃厚だと思います。わたしがデンマークに行って審査委員たちと会って得た感触では、ムル氏の受賞はほとんど確定的といえそうです。もしそうなれば非常にいいことです。一九一三年にノーベル文学賞をうけたタゴール Rabīndranāth

Thakur 以来の意義ある受賞だと思います。タゴールはその多くの民族詩をベンガル語で書き、その大部分を自ら英訳しました。詩集『ギーターンジャリ』もそれによってノーベル賞となったのですが、ムル氏のばあいはそのペチェルク語が氏自身に英訳ができず、また同国に残るその特殊な方言が難解であるため他国の文学者にも翻訳ができませんでした。ペチェルク語を勉強し、ムル氏の詩業の英訳に長いことたずさわってきたわたしがさきに英訳した氏の詩集『レ・ピア・テクイ・ケラ・ポアレ』（"Le piut tek-kuig kela poale" 訳名『森と湖にすむ精霊』）がスキーベ賞選考委員会にとりあげられただけではなく、もしこれが受賞ともなればつ死んでもいいくらい本望を遂げた喜びに浸るでしょう。すでにその喜びの前ぶ（前述のようにその可能性は八〇パーセントなのですが）、訳者としてわたしはいれは、いま、わたしの全身をわなわなと震わせています。》

スキーベ賞は一九三〇年に、デンマークのフォン・スキーベ侯爵《こうしゃく》の意志によりその財産（旧侯国がそのまま広大な荘園となっていたし、先祖代々の海運業により莫大《ばくだい》な富をつくりあげていた）を基金に、主として世界各国の詩歌を対象にして創設された。ノーベル賞ほどには有名ではないが、権威と伝統とはそれに比肩《ひけん》するものがあった。

ネイビア夫人は今年四十二歳であった。麻生静一郎が交換教授としてオックスフォード大学に滞在しているころからの知り合いである。彼女の父親は外交官で、書記官・総領事・公使・大使を歴任したので、ジャネットは子供のころから世界各国の首都に住み、成長するにしたがいその国の旧《ふる》い民族的な伝統に興味をおぼえるようになった。ウイーンの大学とロンドン大学では文化人類学・民族学を専攻した。語学の素質がさらにここで磨きをかけられた。ペチェルク語という世界でほとんど知られることのない言語を直接に英訳できるのは彼女だけであり、そのほかに独訳者・仏訳者の数人があるだけである。たいていの英訳はそれからの重訳である。ペチェルク語の文法はヨーロッパ語の法則とはまったく違う。代名詞や動詞の変化は複雑で、ことに古語では敬語によってそれが変転するので、まことに多岐である。

ネイビア夫人はプラク・ムルの詩の訳をここ十数年間の仕事にしてきた。ペチェルク国といってもいまは強大国の保護領となって独立を失っている。過去五、六世紀のあいだにこの国は強大国の侵略にはさまれ、その攻防間の犠牲となった。ペチェルク民族の歴史は犠牲と屈辱のそれである。そのつど勢力の変る強大国の言語を強《し》いられているうちに、栄光ある母国語は遂《つい》に一地方の方言に墜《お》ちてしまった。プラク・ムルの詩はこの民族の悲哀を雄大な国土を背景にうたいあげた抒情詩《じょじょうし》であり、愛国詩であり、亡《ほろ》びる民族の宗教詩でもある。すべてその地方の方言をもって書かれたところに民族歴史の伝統が生かされている。格調があり、密度は高かった。ネイビア夫人が、プラク・ムルをタゴールに比したのはもっともであった。ムルは本年七十一歳だった。

今日の世界の詩歌界は沈潜している。曾て華やかだった十九世紀末から二十世紀中葉にかけての全盛はどこにも見られない。それはこの期の才能ある詩人たちが、従来の絵画的詩歌を音楽的詩歌に置き変え、その音楽も象徴と称する詩人の主観的なものを創造したときにはじまっている。すなわちその象徴は翻訳もしくは、解説なしには読者は詩人と完全に密着できないものであった。かれらは象徴を強調するためにあまりに造語を過剰に濫用《らんよう》した。その造語の一つ一つには新鮮な感覚があっても、それを全体のトーンなり雰囲気なりに統一することができなかった。論理性を故意に避けることから、造られた語彙《ごい》が脈絡もなくならべられ、ときにはそれが巧妙な難解を誇示するゆえにひとり勝手な、妄想的な気取り《プレシユー》に陥る。それより抽象詩世界の混沌《こんとん》がつづき、いかに検討してみたところで分類の基礎となるべきものを提供してくれないという評論家の当惑となった。難解はますます高度なものとなる。

独自な言語と音韻の複雑な構成を心がける結果、抽象詩は在来の詩の法則から解放されたのではなく、それが恣意《しい》的に破壊となった。十九世紀末の頽廃派《デカダン》も、ボードレエル、ヴェルレーヌ、ランボー、マラルメらの象徴派《サンボリスト》による耽美《たんび》主義も、いかにそれが当時は革命的であっても、まだそこには従来の詩型が遺《のこ》されており、読者はそこに抒情詩の感興をうけとることができる。けれども、それらを「古臭い」過去のものとして訣別《けつべつ》してしまえば読者の理解や共感を超えることになる。といってフランスのサマンのように、はじめ明快でだれにでもわかる象徴詩を書いていたが、やがて古代の様式をとり入れた描写詩人に転向するのは、だれにでもできることではない。かくて、新しい現代の詩人たちはその後にとびぬけて才能ある詩人が出現しないせいもあって、保守の破壊のあと栄光ある建設ができずに途方にくれ、一方の抒情詩人たちを軽蔑《けいべつ》しながら、現在の衰退を招いている。

このような詩の現状であるから、プラク・ムルの詩がスキーベ賞選考委員会の注目を浴びたのであるとネイビア夫人は麻生への手紙に書いた。

夫人は三年前にムルの長編詩集「森と湖にすむ精霊」を完訳し、一年半前にそれが出版されたあと、しばしば北欧を旅行した。ムルにスキーベ賞が与えられるよう運動するのがその目的であった。この事前運動はあながち非難されることではない。ノーベル文学賞に対しても同様の傾向がさかんなのは一部に知られているとおりである。

選考委員たちに原文が理解できないばあい——たとえば日本語や中国語などのほかアラビア語・チュルク語（中央アジア）・ベオスック語（カナダの東端のニューファウン

ドランド州）・アラワタ語（キューバ、ドミニカそれにベネズエラの北部）・エスキモー語・パプア語・トゥピグヮラニ語（南米の大西洋沿岸と奥地）・ドラヴィダ語（インド南部）などといった原住民の言語で詩歌が書かれると、選考委員たちはどうしても英・独・仏語の訳文にたよるほかはない。そのようなときは訳者が中心となって原作者の受賞に事前運動を起すものだ。なぜなら、訳者は原作者を敬愛し、なんとかして原作者とその労作とを世界の栄光の中に引張り出したいからである。それは原作者と訳者との一心同体的な親密関係から生れたものであり、かつ世界的な賞が与えられることによって訳者もまた協力者の栄誉を受けることができるからである。

ジャネット・ネイビアの訳文は、他のペチェルク語を知る翻訳者や言語学者の言葉によると、完全に正確だということだった。ことにプラク・ムルの詩は、原文を読んでも文脈がよくとおらないものが多く、それがムルの文学的な特徴といえば特徴だったが、そのために文章の曖昧《あいまい》さはまぬがれない。それは彼が技巧的に難解を志しているのではなく、詩そのものはわかりやすいのだが、この詩人の中に瞑想《めいそう》的な性質と古典主義的な精神とがあり、それがまたペチェルク語特有の複雑な文法と言いまわしによく相応するのだが、それゆえに表現の急所が読者にはっきりつかめない。では他のペチェルク語の文学者がみんなそうかというと決してそういうことはなく、いずれも文章は明快でただちに要領が得られる。してみればムルの詩はその文脈の乱れ、文章秩序の分解が彼の独自性といってもよく、そこから伝統性にもとづく神秘主義が渺茫《びょうぼう》と立ち昇っているのである。

しかし、原詩にはその味があっても、翻訳となるとまことにむずかしい。ネイビア夫人の英訳はそこのところを実に巧みに処理している、原詩の文脈の乱れを意を取って上手に整理し、語順の分裂をつなぎ合せ、曖昧模糊《もこ》とした表現から適切なポイントをつかんで明瞭《めいりょう》な訳にし、しかも原詩の雰囲気を損わないで、それをよく伝えている、と専門家は彼女の訳業の才能と努力とを賞讃《しょうさん》した。

努力といえばネイビア夫人はこれまでもしばしばロンドンから飛行機を何回も中継ぎして遠くて不便なペチェルク国に行き、プラク・ムルを訪ねている。敬愛の心をもち、ことに彼の詩の英訳を思い立ってからはその人に親しく接し、詩人の精神をくみとろうとしたのである。

《プラク・ムル氏は七十歳を超えていますが、たいへん元気です。その長くて真白い口髭《くちひげ》と頰髯《ほおひげ》とはかれの純粋で崇高な精神がそのまま風手《ふうぼう》に現われている感じです。感動的なのはプラクが吶々《とつとつ》として語る言葉がそのまま彼の詩文となっていることです。》

ジャネット・ネイビアは麻生静一郎に送った手紙の中で書いている。

《ペチェルク語は、ヨーロッパ語からするとまことに複雑で、それに敬語がはさまると、さらに厄介なことになります。それにプラクが語るときは古典的な語彙《ボキャブラリー》が多くなるので、前もってその勉強もしておかなければなりません。彼の話し方は、その詩と同じように脈絡がとれないことが多く、そのため他の人には曖昧に聞えます。それに彼の低くて、ぼそぼそとした声ともあい俟《ま》って、よく耳をすましておかないと何を言おうとしているのかよくわからないと人は評します。でも、わたしはすでに馴《な》れているせいか、プラクの言葉はスコットランドの古語よりもよく理解できるのです。それは彼の詩の数々を訳してきたためだけではなく、もう十回以上彼と会って語り合ってきた賜《たま》ものです。訪問のたびにわたしは彼の家に三日ないし五日は滞在します。プラク・ムル氏はその国内の名声にもかかわらず、経済的にはそう豊かでないようです。うちあけた話が、わたしが訪問のたびに出版社からことづかった翻訳権料、それも一回が三百ポンドにも足りませんが、ムル夫人にはたいへんよろこばれています。プラクは詩人らしく家計のことにはまったく頓着《とんじやく》ないようで、すべては夫人に任せきりです。夫人は、プラクはお金のあるなしにかかわらず、よく旅行に出かけたり、高価な物——それは彼の瞑想的な民族詩に役立ちそうな伝統的な品ものばかりですが——を買いこむので浪費家だと夫をきめつけています。もちろん愛情をこめた非難ですが。けれどもそういうプラク・ムル氏の超俗的なところがわたしはたまらなく好きなのです。》

ジャネット・ネイビアがプラク・ムルの詩の翻訳で第一人者となっているのは理由のないことではなかった。

プラク・ムルへのスキーベ賞決定が報じられると、麻生静一郎は日本の新聞と文芸雑誌の三、四からムルの詩についての寄稿を依頼された。彼と訳者ネイビア夫人との交遊がジャーナリズムの一部に知られていたからである。麻生はムルについての知識をほとんどネイビア夫人からの受け売りで原稿に書いた。新聞の文化欄では五枚くらい、文芸雑誌では七枚くらいの枚数で、ムルの紹介という程度にとどまったが、二、三の出版社からはネイビア夫人の訳を底本にして邦訳詩集を出したいという話もきたりして、麻生はなんとなく日本におけるプラク・ムル研究の第一人者のように扱われた。

三月二十日の授賞式当日に到着するよう麻生は会場となっているコペンハーゲンの

市庁舎宛《あて》に、プラク・ムルとジャネット・ネイビアとに祝電を打った。プラク・ムルからはその夫人と連名で謝電が寄せられた。晴れの授賞式にはムルは夫人同伴で出席したのであった。もちろんジャネットからは喜びにあふれた感謝の返電がきた。

三、四日経《た》って新聞に載ったコペンハーゲン発の外電には、プラク・ムル氏は記者会見の席で、スキーベ賞の副賞七万ドルをペチェルク国の福祉施設に全額寄附すると声明した、とあった。外電にはこの言明に対する現地の非常な賞讃と感謝の声がともに載っていた。

さすがは、民族詩人ムルだと麻生は感動した。ペチェルク国は強大国の保護領で、その福祉施設もきっと貧しいにちがいない。というのはその強大国じたいが斜陽で、近ごろ経済事情がうまくいっていないからである。七万ドルはペチェルク国の老人や子供や病人らをきっと喜ばすにちがいない。これまでスキーベ賞の全額をそうしたことに投げ出した受賞者がいたであろうか。いや、ノーベル文学賞の受賞者にだってあるまい。その言明を記者会見で通訳したジャネットの誇りに満ちた顔が麻生には眼に見えるようであった。彼女の長いあいだの訳業はそれによっていっそう輝きを増すのである。

ところが、翌日の新聞に出たコペンハーゲン発の外電を見て、麻生はわが眼を疑った。

《本年度スキーベ賞の受賞者プラク・ムル氏は本日二度目の記者会見をして、昨日、スキーベ賞の副賞七万ドルをペチェルク国の福祉施設に全額寄附するとの声明は、通訳の誤りであって、そのようなことはまったく言葉にしなかった、と改めて訂正の言明をした。》

通訳とはいうまでもなくジャネット・ネイビアである。ジャネットがそのような誤訳をしたというのだろうか。それが初歩的な誤訳としても、影響するところは大きい。一日前のプラク・ムルの声明発表はペチェルク国にはもちろん即日に届いて国内に絶大な喜びを与えたにちがいなかろうから。

それにしてもジャネットともあろうものがどうしてそんな迂闊《うかつ》なミスをしたのか。彼女は国際的な晴れの場所で多数の国際的な報道陣を前にしてアガっていたとしか考えられない。プラク・ムルの言葉は、彼女のこれまでの手紙によれば、そのペチェルク語による詩のように文脈が乱れ、曖昧で要点がつかみがたいうえに、ムルは、口の中でもそもそと呟《つぶや》くような瞑想的な低い声だという。だから、つい昂奮《こうふん》のあまり、誤った英語に訳したのかもしれない。そうとしか考えられない彼女の誤訳であった。麻生はジャネットに同情した。しかし、もとよりそれによってネイビア夫人がプラク・

ムルの詩の英訳に関してはその第一人者だという地位にいささかの揺ぎがあるのではなかった。日常的な言葉をうっかりとり違えることは、一笑に付せらるべき瑣事《さじ》であったから。

それから一カ月ほどして、ある出版社からスキーベ賞受賞者プラク・ムルの詩集を出したいという話が麻生のもとに正式に持ちこまれたので、彼はネイビア夫人訳より邦訳することにし——実際、ムルの英訳は彼女のものしかなかった——その許可を求める手紙をロンドンの彼女のもとに出した。

ジャネットからはいつもだと二週間ぐらいで返事がくるのに、その申し入れの手紙に対しては三週間経《た》っても四週間経っても何の音沙汰《おとさた》もなかった。どうしたのだろうと思っていると、五週間目になってようやく返事が来た。タイプライター紙一枚ものだったが、意外な内容であった。

《プラク・ムルの詩の拙訳は、都合によって今後絶版にしますので、したがってそれによる日本語訳を望まれるあなたのご希望には残念ながら副《そ》いかねることをご諒承《りようしよう》ください。なお、今後ともわたしはムルの詩の英訳はしないでしょうし、ふたたびペチェルク国にムル家を訪問することもないでしょう。しかし、わたしはプラク・ムルとその詩をいまでも敬愛しています。このことは従来と少しも変

りません。貴意に副えないことをふかくお詫《わ》びします。――ロンドンにて。ジャネット・ネイビア。》

ムルの詩のこれまでの英訳をすべて絶版にし、今後もその英訳にはたずさわらないというジャネットの意志がどこにあるか麻生には容易に推量できた。原因は、七万ドルの賞金をペチェルク国の福祉施設に全額寄附するといった例の誤訳にあるのだ。そのためにどうやらムルと彼女との間に不協和音が生じているようである。

しかし、これはすべて通訳にあたったジャネットの責任なのだ。ムルはその誤訳のために母国の国民に企図せざる喜びをいったん与え、次にはそれを裏切る不必要な失望を与えてしまった。ペチェルク国の民族詩人、スキーベ賞に輝く国民的詩人は彼女の不用意な誤訳によってその声価がすこしく傷ついたであろう。ムルは大きな迷惑を受けたのである。

ジャネットのことだから、そのことの責任を痛感し、自分にはプラク・ムルの詩を翻訳する資格のないことを自覚して、これまでの英訳書もぜんぶ絶版にすると決心したのであろう。

むろんそれは彼女の思い過しである。ネイビア夫人の英訳はペチェルク語を知るどの翻訳者も言語学者もひとしく賞讃しているところだ。だからこそ彼女はムルの詩の英訳の第一人者として認められているのである。

けれども謙虚なジャネットは、自分が落度をおかしたことでムルにたいして必要以上に恐縮したのである。プラク・ムルを尊敬し愛情を抱いていればいるほどその気持は大きいにちがいない。彼女はこの償いをどのようにしたらよいかと深刻に悩んだことだろう。その結果が従前の訳業を絶版にし、今後もそれを断念するという自らの謝罪処分に出たのだと考えられる。ジャネット・ネイビアは普通の翻訳者よりは良心的であり、己れを責めることにきびしかったのである。

麻生はジャネットにむけて遠まわしに慰めの手紙を書いた。しかし、彼女からの返書はなかった。

そのことでも麻生は彼女の悲しみと懊悩《おうのう》が痛いほどわかった。ああ、うかつな、ちょっとしたはずみからの誤訳。それが控え目で、純粋な彼女にとってとり返しのつかない痛恨事となってしまったのだ。それが今後の彼女を藻抜けの殻のようにしてしまうかもわからない。ムルの詩の訳業にあれほど情熱をもち、その全生命を燃やしていたのだから。——さらにこれはプラク・ムルにとっても不幸なことであった。

そのことがあって半年ほど経った。

日常の生活は、曾《かつ》ての関心事とは全然因果関係のないところで流れる。日常生活の些細《ささい》な出来事は、それぞれを想起させるような思惟《しい》なり対象なりとかならずしも照応しない。各個がてんでんばらばらである。あたかも曾ての象徴派《サンボリスト》の詩が言葉に相互の脈絡がなく、分断した語彙《ごい》だけが自己主張しているように、日常生活では秩序のない刹那《せつな》的な出来ごとに気を奪われる。

ある日、麻生のところにある外国文学者団体から事業計画をおこすについて寄附の申込み依頼があった。妻の居ないときだった。麻生は十万円を提供すると即座に勢いよく回答してしまった。

そのあと妻が帰ってきた。麻生がそのことを話すと、妻は激しく彼を非難した。家計が苦しいのにそんな金はないというのである。彼は妻の攻撃に屈し、翌日、たいそう体裁の悪い思いをしながら昨日の寄附の約束は取消して欲しいと電話で申入れた。先方の声はあきらかに不機嫌であった。暗に一晩にして生じた彼の違約を責めていた。

麻生はまことに後味の悪い数日を過した。妻の非難がもっともなだけに、自分のその場での思いつきで寄附を言った軽率を悔いた。団体と約束したのだから、半ば公約であった。いまごろはみんなで自分の悪口を言っているだろうと思うと、身体《からだ》じゅうが汗ばんだ。学校で授業していても、家に帰って下調べや仕事をしていても、そのことを思い出すと毒物が効いてきたように胸に痛みを感じた。

教室の黒板にチョークを走らせているとき、麻生の頭に突如として閃《ひらめ》きが通過した。

ジャネット・ネイビアの「誤訳」の真相である。

スキーベ賞の授賞式にはプラク・ムルは夫人同伴であった。ムルが報道陣と会見の席上で賞金七万ドルをペチェルク国の福祉施設に寄附すると言明したのは、まさに事実であったにちがいない。どんなにムルの声が低かったにしても、彼の文脈もよくとれない詩をペチェルク語で読み、よく理解して翻訳してきたネイビアがかんたんな発言を誤るわけはない。その翻訳の正確さは定評があるのだ。

だいいち、賞金を寄附する意志もないムルに、福祉施設に寄附云々《うんぬん》の言葉がはじめから出るわけがないではないか。彼が口に出したからこそジャネットは通訳したのである。

事実は、ムル夫人があとで夫の声明を知っておどろき、はげしく非難してその撤回を求めたことであろう。ジャネットが前にくれた手紙にも、ムル家は経済的にあまり豊かでなく、ジャネットが持参する三百ポンド足らずの翻訳権料にムル夫人は大よろこびだったとある。それに夫人はムルが「浪費家」だと非難していたというではないか。

たぶんムルは賞金提供のことで夫人の抗議に遇《あ》い、窮したのであろう。外国の報道陣を前にして公式に声明したことである。その外電は世界の有力各紙に掲載されている。いまさら引込みがつかない。声明を一夜にして撤回すれば輝くスキーベ賞詩人の栄光に翳《かげ》りがさす。そこで詩人は自分のよき理解者であるジャネット・ネイビアに懇願した。「わたしのあの声明はあなたの誤訳ということにして欲しい」と。

ネイビアはプラク・ムルを尊敬していた。彼女が最後にくれた手紙にもそう書いてあった。彼女は敬愛するムルのためにその申出《もうしい》でを承諾したのだ。他に一切釈明することなく、ムルの詩ではその翻訳第一人者ネイビア夫人を自ら沈黙のうちに引退させたのである。

これが彼女の「誤訳」の真相ではなかったろうか。——

百円硬貨

男には妻子があった。村川伴子《ともこ》は十三歳上のその男——細田竜二というのだが、彼とは四年越しの関係だった。

伴子は、東京下町のA相互銀行支店に十年間つとめている。出納係になってからも七年が経《た》っていた。人柄がよく、仕事を能率的にするので上司に気に入られていた。容貌《ようぼう》もきれいなほうである。

二十をすぎてから縁談がかなりあった。秋田県にいる両親からのもあり、こっちの知り合いのもあったが、どれも気がすすまなかった。二十三のときにちょっとした恋愛をしたので、そのころの縁談は断わった。その恋愛も深くすすまないうちに、相手の欠点が目に立って伴子のほうから交際を絶った。

二十五、六になると田舎の両親があせって東京を切りあげて帰ってくるようにとしきりに催促した。二十八、九になるとそれもなくなった。戻る意志のないこと、結婚は当分しないことを言ってやったからである。そのころは竜二との恋愛にのめりこんでいた。

竜二は車のセールスマンだった。伴子がローンでその自動車販売店に新車を買いに行ったとき応対に出てきたのが彼だった。その後、アフターサービスとかでちょいちょい車の調子を見に来たり、またこっちからも故障箇所を見せに行ったりしているうちに身体《からだ》の関係ができた。

伴子は前の恋愛を自分から絶ったこともあって、それ以来何度か現われる男性には慎重だったし、恋愛には臆病《おくびょう》だったのだが、彼と知り合ってから時間を置かずにそうなったところをみると、無意識のうちにやはり相手に飢えていたのかもしれないとあとで考えて自分がいやらしくなることがある。二十八の夏だった。

竜二は伴子を欺《だま》したのではなかった。はじめから妻と一人の娘があることを打ち明けていた。結婚したいと言い出したのも彼のほうからで、半年経ってのことだった。妻とは別れるが、それには話合いに手間がかかるから一年待ってくれといった。それが二年になり三年となった。これも男が瞞《だま》したのではなかった。彼は実際にその努力をした。妻が離婚を承知しないのだった。

はじめのあいだは外で彼と会っていた。車があるので、モーテルのような場所に行った。次に、別のアパートの一部屋を借り、二人で費用を出し合ってかんたんな家具や世帯道具を買い、そこを一週間に二晩くらいの生活場所にした。幸い、セールスマンの仕事は車の売りこみ先の都合で夜の訪問ということもあったから、夜はかなり遅くまで彼は伴子と過すことができ、帰りは伴子の車のあとからその本拠のアパートの前まで彼の車がついて行った。

日曜日でも祭日でも、注文主の都合で外交員は休めないことがある。それが竜二には家を出られる口実となった。伴子のつとめる相互銀行は、むろん日曜と祭日が休日。そういう日は午前中から夜おそくまで二人はいっしょに過せた。

伴子はそこで昼と夜の食事をつくった。竜二は好き嫌いが激しかったので、彼の口に合うようなものを料理法などの本を見て研究し、工夫した。キチンは新しい物ばかりだった。茶碗《ちやわん》でも皿でも湯呑《ゆの》みでも箸《はし》でもフォークでもなんでも「夫婦用」のものだけであった。

キチンにつづく床には絨緞《じゆうたん》を敷き、テレビを置き、椅子《いす》をならべたが、その少し洒《し》落《や》れた肘《ひじ》かけ椅子も二つだけだった。ここには客のために何かと用意する必要はなかった。四畳半の畳の間には二つの座布団《ざぶとん》がならび、朱塗りの小さな卓には一輪ざしがあり、そのうしろに整理ダンスが置かれ、上にフランス人形のケースが乗っていた。つづく寝室にはダブルベッドがあり、スタンドの灯はうす暗い桃色だった。すべてのカーテン類は二人で相談して択《えら》んだ。部屋は新世帯の空気がみなぎっていた。

整理ダンスの中には伴子が買った竜二の和服と寝間着とが入っていた。和服は季節ごとの新しいものばかりだった。三段目から下の抽出《ひきだ》しには伴子の着物と帯とネグリジェなどが入っていた。家具類の費用や家賃は二人の折半だったが、ここで着る衣服などは伴子が自分から持ち出した。車のセールスマンというのは派手に見える商売だが、収入はそれほどでもなく、それに彼には家庭があった。

着物は部屋の中できるだけで、外出はできなかった。それが伴子に不満だったが仕方がないと諦《あきら》めた。一週間に二晩くらい別々の車で来て泊りもせず、日曜・祭日も月に二度はきて部屋の中に夜までひっそりと閉じこもる二人のことは、アパートの住人の好奇心を集めているにちがいなかった。

妻は情緒のない女で、繊細な感覚に欠け、自分への面倒見も大ざっぱだ、と竜二は伴子に言っていた。それがまんざら彼の機嫌とりでもないことは、彼の身につけてくるものやその他で伴子にもわかった。妻は鳥取県の山持ちの家の生れで、田舎者気質から抜け切れず、都会的なセンスがまったくなくて、万事が粗野だと竜二は伴子にこぼした。

そりゃ、おおらかでいいじゃないの、わたしのように神経質すぎてもあなたは疲れるでしょ、と伴子は竜二の言いかたを制したが、彼の言葉はまるきり悪口でもなかった。彼へ妻の世話が届きかねているのは、やはり伴子の側からも彼の身の回りなどで察せられた。

それだけに伴子は竜二に尽した。年齢は男が十三も上なのに、ときには母親のような気持になった。彼の口に合うものをと料理に心がけるのもそれだった。うちのやつは手間のかからない単純な食事しかつくらない、それなのに君はまるで料理屋さんのように手のこんだものをつくってくれる、と竜二はよろこび、味に眼を細めた。嘘《うそ》よ、時間の余裕があればもっと市場で買う材料が択べるし、お料理の献立も複雑にできるんだけれど、こんなに時間がなくては思うようなものがなにもできないわ、と伴子は言った。それも休日のときだけで、週二回の夜だけの逢瀬《おうせ》は、ほんとの即製だった。が、それにも彼女の誠意がこもっていた。漫画にもよくあるように世の亭主族は家では下宿人と同じだと思っていたが、君は違うんだな、と竜二は感嘆した。その感心ぶりも伴子には子供らしく見え、いっしょに暮せたら、もっとあなたに尽せるわといった。女房に君の半分ほどの性質があったら、君とこうなることもなかったろうにな、と竜二は実感を軽口にして言った。

その奥さんとの間はどうなってるの、と伴子は訊《き》いた。ますます冷却だよ、と竜二は答えた。外に女が出来ていることは分ったらしいが、まだ相手が誰とも知っていない、むろんこのアパートのこともわかっていない。女が居るというのは、月々の歩合が減っているので、収入が少なくなっていることからも女房は推知していると竜二は暗い顔をしていった。あんなに夜おそくまで車を買う客の家に行ったり、休日も午後から夜まで先方に粘っているのに、給料が前より少ないのは、女のところに行っているからだろう、と妻に追及されるというのである。実際そのとおりだったので、このごろは不景気で、勧誘に時間がかかっても空振りのことが多いんだ、という弁解にも迫力がないということだった。

竜二の自動車販売店は固定給と歩合いとが半々で、売り上げが少なければ収入はがた減りだった。以前は平均して三十五万円の月収だったが、伴子とそうなってからは二十万円ぐらいしかなく、ときにはそれに欠けることもあった。

竜二が妻に女の居ることをうちあけ、離婚のことを本格的に切り出したのは一昨年《おととし》あたりからだった。それまでも竜二の様子から何度も衝突があり、そのつど彼から別れ話をもちかけていたのだが、それはまだ瀬踏みといった程度だった。

伴子の存在がわかり、このアパートのことも知られると、竜二の妻は勤め先の相銀に電話をかけて伴子を喫茶店などに呼び出すようになった。妻に会うと、はじめはどうしても別れられないとだけくり返していた伴子も、しまいには、奥さん、竜二さんをわたしにください、おねがいします、このとおりです、と泪《なみだ》を流して土下座せんばかりに頭をさげ、手を合わせた。喫茶店ではほかの客がおどろいて見ていたが、伴子も竜二の妻もそれを気にする余裕はなかった。妻は、ひとの亭主をぬすんでおいて図々しい女だと罵《ののし》った。

夫婦のあいだは冷え切ってしまい、憎悪《ぞうお》のむき出し合いだが、離婚のことはなんとしても妻が承知しない、と竜二は伴子に言った。彼は蒼《あお》い顔になって瘠《や》せ、仕事も手につかないふうだった。

いっそのこと、東京を黙って離れ、どこかの土地に行き、そこでいっしょに暮そうかとも竜二は言った。仕事なら手なれた車のセールスがあるから大丈夫だといったが、伴子は同意しなかった。そんな同棲《どうせい》の仕方では気にそまない、挙式のことは思いもよらないが、やはり戸籍上ではちゃんとしておきたい、と言い張った。

竜二の妻が二人のかくれたアパートに乗りこんでくるようになってから、伴子はそのたびに彼女に離婚してくれるように床に頭をすりつけて頼んだが、やはり承知してもらえなかった。伴子のほうからすれば、もう夫婦の感情は消え去ってしまっているのに、それをつなごうとしている妻は意地ずくとしか見えなかった。このアパートもそんな騒動で居られなくなり、伴子はまだ新しい家具を叩《たた》き売りした。またもとの生活にもどり、竜二とは車でモーテルを求め歩く関係にかえった。

去年の暮に新しい事態となった。彼の妻が鳥取県の実家に六歳になる女の児《こ》をつれて帰ってしまった。両親が娘の手紙から竜二に激怒して、娘と孫とを引きとるくらいの勢いですすめたのだという。たとえ一時的に別居はしていても、どうしても離婚の印判は捺《お》しませんからね、と妻は竜二にすさまじい顔で念をおして帰ったと彼は話した。

妻の別居で、二人は気がねなく会えるようになり、竜二も伴子のアパートに泊って行くが、伴子には解放感も自由感もなかった。別居の妻が居るということで、かえってそれがしこりとなり、遠くからその妻の眼に射すくめられているような、罪悪感とも違う、盗汗《ねあせ》にまみれているような気持悪さであった。

伴子の頼みで、竜二は鳥取県に三度行き、妻とその両親とに会い、また第三者を入れて正式の離婚を話し合った。その第三者は竜二の知人でもあった。

竜二が帰ってからの報告によると、離婚話はだんだんに煮詰ってきたが、やはり妻が承知しないということだった。伴子は、何度も会っている背の高い、骨太な、頬の張った女の、一重瞼《ひとえまぶた》で白眼の光る顔を思い泛《うか》べて、その意地張りが憎らしかった。このぶんだと、妻はいつ別居を中止してまた東京に戻ってくるかわからなかった。

しかし、とうとう妻から離婚の条件が出された。慰謝料と子供の養育費に一時金で三千万円を渡すなら、というのである。

三千万円という大金は竜二に出しようもなかった。無理を承知で要求するのは、妻の意地で、離婚を承服しない別なかたちであった。

だが、いまその要求を呑まないことには、妻の気がさきでどう変るかわからなかった。いくら金をもらっても離婚はできないと前言を撤回する可能性があった。チャンスといえば今だった。伴子も三十二になっていた。他に結婚の望みもうすかった。

伴子は、奥さんの要求なさるとおりにしましょうと竜二に言った。そんな金があるのか、と彼は眼をまるくして問うた。じつは貯金が千五百万円ほどある、A相互銀行をやめれば退職金として三百万円はもらえる、あとの千二百万円は相銀からローンで借りる、十年間つとめていたところだから上司にも信用があるので、それくらいの貸付の便宜は図ってくれるはずです、と言った。竜二は安堵《あんど》して、はしゃいだ。

だが、伴子のこの計算は根のないものだった。貯金は三百万円くらいだった。退職金を入れても四百万円ほどである。相銀が辞めた女子職員に無担保のローンで二千六百万円も貸してくれるわけはなかった。

けれども状況は切迫していた。田舎に居る竜二の妻がいつ変心するかしれないのである。伴子は自分で自分を追い立てた。何日ごろに三千万円を調達すると竜二にいったのも彼女のほうからであった。

それでは自分がその金を受けとって田舎へ行くと竜二はいったが、それはわたしが持参するので、あなたはその田舎のどこかで待っていてほしいと伴子はいった。相銀の貸付が何日に出るかはっきりしないので、その前から向うに居てくれというのである。そのあとわたしも山陰地方を見物してみたいわ、と言った。竜二は承知し、こんどの離婚話に第三者として仲介に入ってくれている知人の家に滞在して待っている、と言った。その住所と電話番号も教えた。その村は伯耆《ほうき》と美作《みまさか》の境だった。

伴子には三千万円をそこへ持参する日時がはっきりと彼に言えなかった。それが機会次第によるからである。が、だいたい今月下旬の十日間のうちにということにした。

竜二はそれに疑問をはさまなかった。下車駅は山守《やまもり》というところで、そこからバスに乗ってこういう名の停留所に降りるのだとことこまかに地理を教え、山守駅についたら、自分が居る知人の家に電話せよ、と言った。十月の二十日をすぎて竜二は鳥取県へ発《た》って行った。

伴子は竜二と自分とを結んだ車を売り、家具も売り払い、三百万円の貯金も下ろしていつでもアパートを出られる準備をした。実行は土曜日と決めた。土曜日の午後三時ごろには相銀の職員はみんな帰ってしまう。日曜日はもとより休みである。異変は月曜日の午前九時ごろでないと発見されない。土曜日の夕方から日曜日のまる一日にかけて追及の手に遅延があった。

実行に心配はあったが、三千万円の現金持出しはうまくいった。下ろした貯金の三百万円は竜二との新しい落ちつきさきでの当座の費用に宛《あ》てるつもりだった。三千万円あれば奥さんが離婚を承知してくれる、それだけの思いが彼女の頭を熱病のように燃えさせていた。

伴子は新しく買った頑丈な大形の黒革トランクに百万円の札束を三十三個詰め、前から持っている旧《ふる》いスーツケースには身のまわりの衣類を詰めて、東京駅から大阪駅まで新幹線に乗った。大阪からは山陰線の大社《たいしゃ》行に乗りかえ、寝台車に入った。大阪発が九時半だった。この夜行列車が目的地の駅に翌朝の何時何分に着くのか時刻表も何も見ていなかった。早く東京を離れられるならどんな列車でもよかった。

新横浜駅をすぎてから、車内売りの幕の内弁当とシューマイ二箱とを買った。シューマイは竜二が好きなのでみやげに持って行く。財布の中の小銭はなくなり十円玉が二つ残った。紙幣は一万円札が四枚たたまれてあった。千円札はなかった。向うに着いたら大衆食堂にでも入って朝食をとり小さな金にくずそうと思った。寝台は下段だったので、やすやすと黒のトランクを枕《まくら》もとに置いて横たわった。

上段は六十くらいの男だが、罐《かん》ビールを飲んでいるうちに鼾《いびき》をかきはじめた。右隣は上段と下段で中年の夫婦者、左隣は婦人と小学校五年生くらいの男の子、すぐ前は厚いシャツにジーパンをはいたハイキング姿の若い女の二人づれといったふうで、伴子が懸念《けねん》する人間はいなかった。十時を過ぎるとそれぞれがカーテンを引き、車内は暗くなった。ときおり小さな明りのついた通路を車掌が往復した。

警官も二人づれでたびたび通り抜けた。警官の姿は東京駅のホームでも大阪駅のホームでも見たが、伴子にかくべつ注意するでもなかった。大阪駅では警官が彼女の手もとにじっと眼をむけていた。それには心臓が早鳴りしたが、これは重いトランクとスーツケースとを両手にさげて跨線橋《こせんきょう》の階段を上る女への同情の眼とわかった。

土曜日の晩である。A相銀支店の金庫に三千万円の現金が不足しているとわかるのは月曜日の午前中のはずだ。今晩も明日も、おそらく明後日《あさって》も彼女の身辺は安全である。明日の朝、鳥取県の目的地に着いて竜二に会い、彼に三千万円を渡す。竜二は明日じゅうにその金を妻に渡す。明後日は月曜日。妻の実家の本籍地役場に行って離婚届を出すことになる。それとも離婚届は竜二の居住する区役所宛に郵送するだけでよいのかもしれない。

伴子は寝つかれなかった。上段の鼾が耳ざわりだっただけではなく、気が昂《たか》ぶっていた。これで四年間の結着がつくと思うと人生の転機を確実に握ったような気がした。あとはだれにもわからない土地へすぐに行って竜二とひっそりと暮そうと考えた。

人間の思考が一方に偏《かたよ》りすぎたときは、奇妙なことに常識的な状況判断がうすらぐものである。伴子も相銀からの追及を考えないわけではなかったが、奇妙にも今はそれほどの危惧《きぐ》になっていなかった。とにかく金を渡して竜二の妻に離婚届の印鑑を捺させることだけで頭がいっぱいだった。

もう一つ、警察からの捜査はないかもしれないというたのみも伴子にあった。女子職員の三千万円の拐帯を相銀は表沙汰《おもてざた》にはしないかもしれないのだ。相互銀行は外部の信用を気にする。取引先は中小企業が多い。六年前に支店で行員の費《つか》いこみがあった。そのような事故があったから、A相銀では十年間つとめた女子職員の三千万円の持ち逃げを外部に秘匿《ひとく》し、内部処理で済ます可能性が強かった。

そのうち、睡《ねむ》りに落ちた。やはり気持と行動の緊張がつづいたあとなので疲れていたのだった。

四時前に車掌が起してくれた。倉吉《くらよし》で降りる時間を頼んでおいたのである。着いたのが四時十四分だった。倉吉ではかなりの人が降りたが、夜明け前のホームを歩いて待合室に入ったのは伴子一人だけであった。山守行の始発は六時十九分で、二時間の待合せだった。

　窓の外は暗かった。かなり広い待合室には五、六人の男が毛布にくるまってベンチに横たわっていた。労務者風なので気味悪かった。伴子は黒いトランクを身体《からだ》にひきつけていた。出札の窓口はどれもボール紙で塞《ふさ》がれ、売店は戸を閉めていた。

　寒かった。伴子は売店の横に赤電話があるのを見ていた。手帳の電話番号を見直し、改札口上の時計を見上げた。五時だった。こんな時間に電話して起す先方の迷惑を考えた。竜二が泊っている先は彼の知人宅である。彼が世話になっている遠慮を考えねばならなかった。

　しかし、竜二に早く連絡したかった。労務者がごろ寝している中で、よそから来た女一人が大金の入った鞄《かばん》を抱えている。その不安は募るばかりだった。駅員は姿も見せなかった。半分になっている電灯と、ベンチの下に散らかった紙屑《かみくず》や空罐などのよごれもうそ寒かった。彼女は寝転がっている人たちから遠くはなれたベンチにひとり掛けて身体を固くしていた。心細さは寒さで倍になっていた。脚が冷えた。

　長い二時間であった。ようやく六時がすぎた。このころになると外から入ってくる乗客もあって、伴子はほっとした。山守行の窓口からボール紙がとれ、中に灯がついた。寝ていた労務者たちが起き上ってほかの乗客とそこへならんだ。彼らは、あくびをし、声高に話しながら、伴子をちらちらと見た。いまだからよかった。一人でベンチにかけていたときだったら、どうしていいかわからなかったろう。

打吹《うつぶき》、西倉吉、小鴨《おがも》などという見知らぬ駅名が小さな車輛《しゃりょう》の窓から過ぎた。少しずつ明けてきた蒼白い中に霧のかかった山ばかりがあった。労務者たちは関金《せきがね》という駅で降りた。一人がふざけてホームからふり返り伴子に手を振って笑った。山仕事の人らしかった。山守はそこから二つ目の駅であった。

着いたのが七時だった。ここも山峡《やまあい》の駅だった。そのせいかまだうす暗く、その中で盛期を過ぎた紅葉が急な斜面に群がっていた。

伴子は手帳を片手に駅前の電話ボックスに入った。駅前は山を背にした寂しい家なみがならんでいる。

竜二の知人の家はここから三十五キロはなれた高原の村であった。バスが通う。電話はここからは市外扱いで竜二は、公衆電話だと百円玉を入れないと通じないよ、と伴子に言っていた。

財布には十円玉が二枚しかなかった。伴子はあわてた。百円玉は新幹線で車内販売の幕の内弁当とシューマイを買ったときにみんな出してしまった。あとは四枚の一万円札であった。

伴子は電話ボックスを出た。駅前には大衆食堂や食料品店などの看板を掲げた店があるが、みんな戸を閉めていた。待合室に戻った。いちいち黒トランクとスーツケースを提げての行動であった。

売店も戸を閉めていた。窓口に行ってみた。千円札を百円硬貨にする両替機はもちろんここに設備してなかった。たとえあったにしても千円札の持ち合せはなかった。

列車が出るというので乗客が出札口にならんでいた。伴子もその中に入った。上の駅名と運賃表を見上げて、百円玉が三枚、ツリ銭で来る駅を択《えら》んだ。

順番がきて窓口に一万円札を出すと、もっと小さい金にしてくれと中の若い係に突返された。千円札がないんです、なんとかこれでおねがいします、と頼んでも、こんなに朝早くじゃツリ銭の用意がないね、降りた駅ででも精算しなさい、と言われた。

伴子は途方にくれて離れた。

駅の窓口で一万円札をとってくれるまでにはあと二時間くらいかかるかもしれない。待合室の隅にある小さな売店はいつ戸を開けるだろうか。駅前の商店は何時に店を開けるだろうか。地もとらしい人に訊《き》くと、今日は日曜日だでな、十時をすぎないと店を開けないかもしれないな、といった。店を開いてすぐに一万円札をとってくれるかどうかもわからなかった。新幹線で幕の内弁当を買うのではなかった。たとえ腹が空《す》いていても。

伴子はその二時間が耐えられなかった。倉吉駅の気味悪い待合室で二時間待たされたあとでもあった。なによりも竜二には早く連絡をとりたかった。着いたことを知らせたかった。彼の声も聞きたかった。

始発のバスが出るのは一時間半あとだとわかった。彼に一分も早く連絡をとりたい気持だけが募り、ほかのことは考えになかった。追われている不安が増してくる。三千万円をすぐに彼に渡さないと、だれかに奪われそうで、心配だった。

伴子は知恵を働かせる余裕を失っていた。窓口でどこかの駅までの乗車券を買うのに一万円札を出せば、ツリに百円玉数個がくる。たとえば大阪行とか熊本行の乗車券だ。しかし、乗りもしない列車のキップを買うのはもったいない。日ごろの女らしい生活意識に彼女はしばりつけられていた。明日の乗車券を買って、あとで払戻しをうけるといった知恵も出なかった。

百円玉が欲しい。百円玉が欲しい。

日ごろバカにしていた百円玉に仕返しされているような思いであった。トランクの中には百万円の札束が三十三個も詰っていた。しかし、いまの場合、三千三百万円よりも百円硬貨一枚が絶対の実力をもち、三十三万倍の金を圧倒していた。百万円の札束は、日ごろ相互銀行の上司から出納係の心得として教えられているように、まさに印刷物でしかなかった。

伴子は三十分後に、もう一度出札口にならんだ。列のすぐ前に子連れの中年女がいる。百円玉五枚がツリ銭として窓口から出されていた。その女は子供の泣くのに気をとられていて、百円玉はそのまま台の上に乗っていた。その一枚に、伴子の手が伸びた。

中年女が大声をあげて騒いだ。駅員二人が来て、一人が真蒼《まつさお》になっている伴子を捕え、一人が駐在所の巡査を呼びに行った。

拐帯した百万円札束三十三個入りのトランクを片手にしっかりと握った彼女は、向うから駅員といっしょに巡査が歩いてくるのをぼんやりと意識していた。

お手玉

東北地方に駒牟礼《こまむれ》温泉がある。山裾《やますそ》に囲まれた狭い盆地で、芭蕉の「奥の細道」に出てくる川の上流にも沿っている。三つの県の県庁所在都市にわりあい近いのと、酒造と米の集散地で知られた都市に隣接しているから山間だが、歓楽郷である。そう遠くないところには奥州随一の名刹《めいさつ》もあって、観光客の流れを吸収している。

駒牟礼温泉にはホテルと旅館が約四十軒ある。高層ホテルも六つあった。見番《けんばん》が二つあって芸者が総勢七十人ぐらいいる。川には擬宝珠《ぎぼうしゅ》のついた朱塗りの橋が三つ架かり、両岸の柳の並木道には雪洞《ぼんぼり》が連なり、旅館・料理屋・土産物店・小映画館・ストリップ劇場・バア・飲食店・ヌードスタジオなどがならぶ。高層ホテルは丘陵地にある。この町の住民の大半はなんらかのかたちで温泉の営業と関係をもつ。農家は少数で、夜の灯に生命を輝かす町である。

傷害沙汰《ざた》もときどき起る。いまから八年前にこの温泉町に起きた猟奇的な殺人事件は全国でも珍しい。残酷な話なので、旅館の座敷で客にはあまり語られない。饒舌《じょうぜつ》な芸者でもそれには触れない。被害者二人が自分らと同じ境遇だったというせいもある。

その事件のあらましはこうである。

十年ほど前に、三十すぎの男女が九州の別府からこの温泉地に来て職を求めた。男はホテルマンだったことから、駒牟礼温泉一ばんのホテルのフロントマンに採用された。女はマッサージ師だったので、ここでもマッサージ師として各旅館と契約した。二人は土産物の菓子を造る家の別棟を借りて住んだ。

二人は別府温泉からの駈落者《かけおちもの》であった。男には妻子があった。女には亭主がいた。亭主も別府でマッサージ師である。女の弟子を三人くらいとっていたが、妻の彼女もホテルや旅館を回って働いていた。

フロントマンをしている男のホテルに女マッサージ師が仕事に来るうちに、両人は親しくなった。駈落先を駒牟礼温泉にしたのは、遠い東北だ、行方が判《わか》りにくいだろうと考えたからである。事実、事件が起るまで両人の所在は知られずに済んでいた。

男が新しく就職したホテルも、宴会が多いから芸者が相当に入った。朝まで勤務するときのフロントマンと、深夜ホテルの宴会から帰る芸者とのあいだに愛情の機会が生じた。藤丸は二十七の芸者で、アパートに居る。年とった旦那《だんな》の土建屋は一週間に一度くらい来て泊ってゆく。ホテルの男は、その間隙《かんげき》にアパートへ行く。泊ることはしなかった。

男は、けっして好男子ではなく、むしろ醜男《ぶおとこ》のほうだった。けれども女にはたいそう親切であった。そもそも別府で女マッサージ師と結ばれたのも、女がその親切にひかれたからである。この駒牟礼で藤丸が男とそうなったのも同じである。

だが、藤丸との仲が同棲《どうせい》の女マッサージ師に気づかれないうちに、男にはまた別に好きな女ができた。蝶弥という十九歳の芸者である。若い彼女はまだ置屋の部屋ずみだった。逢引《あいびき》は、町はずれの小さなラブ・ホテルだった。

警察がやかましいので温泉芸者も出入りのホテルや旅館で客と寝ることはできないが、その座敷で客と相談がまとまると、女は置屋にいったん帰って、ふだん着にきかえ、約束したバアなどで客と落ち合った上、ラブ・ホテルの一軒へ同行する。これだと「恋愛」だから、売春防止法にはひっかからない。どこの温泉地でも見かける風景である。

蝶弥との仲は藤丸に知れた。せまい町だし、同じ芸者の世界だからこれはわかる。蝶弥が若いだけに藤丸は嫉妬《しっと》した。藤丸は男と蝶弥の間を女マッサージ師にひそかに告げた。自分と男との仲もうちあけてのことだった。

蝶弥も、姉芸者の藤丸と男の関係をはじめて知って、男を責めた。同棲の女マッサージ師は狂乱した。男は勤務先のホテルが唯一《ゆいいつ》の逃避場所になった。それが別府から駈落ちして二年と経《た》っていなかった。

そのうち別府に残された男の女房が夫の所在に勘づいてきた。駒牟礼温泉のホテルには各地の人々が遊びに来て泊る。団体の慰安旅行客も少なくない。別府から来た客の一人が別府に帰って、あんたのご亭主に似た男がフロントに立っていたよ、とお節介にも彼の妻に知らせたのである。

女房からの手紙でホテルの支配人がフロントの彼に事情を訊《き》くようになった。同時に、藤丸の世話をしている土建屋が彼女との仲を知って暴力団の手下を使い彼を脅しはじめた。

彼はノイローゼとなった。

早春の寒い日の午後、ジャンパーを着た彼はホテルに出勤する前に、藤丸のアパートに行った。彼女一人しかいなかった。

彼はテレビのボリュームを上げ、まず女を裸にして寝台《ベッド》に縛り付けた。そうしておいてベッドの硬い布を包丁で切り裂き、中に埋っているスプリングを切断して取り出した。その鉄製螺旋《らせん》の先を、ロープで括《くく》られ身動きできないでいる女の局部に力いっぱい突き入れた。女の悲鳴は、騒々しい音楽のテレビの高い音に消されて、隣近所の住人には分らなかった。鉄のスプリングの先は子宮を破った。女は血の噴出の中で絶息した。

男は血のついたジャンパーを脱ぎ捨て、顔と手とを洗ってアパートを去った。持った買物袋の底には新聞紙に包んだ包丁が忍ばせてあった。それから公衆電話で置屋にいる蝶弥を呼び出した。待合せ場所は、いつものラブ・ホテルだった。

先に来た男は、部屋にテレビの設備がないので、階下《した》の帳場から小型テレビを借りて二階の部屋に持って上った。帳場では、いつもくる馴染《なじみ》客なので気やすく貸したのである。

蝶弥は三十分ほどして来た。藤丸と男の仲は知ってしまったが、若い蝶弥は、男を思い切ることができなかった。

男は、二階の部屋で蝶弥と蒲団《ふとん》の中に入った。一時間近く抱いたあと、いま藤丸を殺してきたとうちあけた。あいつが悪いのだ、あの女のためにおれの一生は滅茶滅茶《めちゃめちゃ》になった。だが、こうなった上は生きていられないからおれはこの場で死ぬが、おまえはどうするか、と訊いた。

蝶弥は震えたが、一途《いちず》な彼女は、わたしも一緒に死ぬ、じつはいま置屋のおかあさんに旦那持ちを強《し》いられているところで、それが山林持ちの厭《いや》な爺《じじい》だ、そんな老人の所有《もの》になるよりもあんたといっしょに死んだほうが仕合せだと言った。

男は持参の睡眠薬を蝶弥に飲ませた。その昏睡《こんすい》するのを見とどけて、小型テレビのボリュームを上げた。階下の帳場には女の叫びが届かなかった。彼は買物袋からとり出した包丁で、蝶弥の裸の胸を数カ所突き刺した。

女の息が絶えると、男は両の乳房を切り取った。二つの乳は真赤な葡萄《ぶどう》の房をもぎ取ったようであった。

男は血だらけの旅館の寝間着を脱ぎすて、顔と手とを洗い、テレビの音を消し、自分の服装に着更えてから階下に降りた。切った乳房は新聞紙に包んで買物袋の中に入れて手に提げていた。帳場には、女がよく睡《ねむ》っているので、眼をさますまで起さないでほしいと頼み、よぶんな料金を払った。

彼は歩いてホテルに出勤した。午後四時から翌朝までがその日のフロント勤務であった。彼は黒い服《スーツ》に着かえ、黒の蝶ネクタイを締め、乳房の入った買物袋はロッカーの中に押し込んだ。それが済むと、受付《リセプション》のカウンターの内側に立った。いらっしゃいませ、と客への挨拶《あいさつ》も丁寧で落ちついていた。頭が狂っていたのは警察の嘱託医の鑑定からわかった。

この事件は新聞にも週刊誌にも出た。

出なかったのは、駈落先でとり残された女マッサージ師の身の振り方である。これはこの土地に来て聞くほかはなかった。

女マッサージ師は、別府に帰って、いまは亭主と元の鞘《さや》におさまっていますよ、と、どの旅館の女中も複雑な薄笑いを浮べて教えてくれる。

殺された芸者二人、とくに若い蝶弥が可哀想だ、とたいていの者が言った。

——いやいや、いちばん可哀想なのは男だね。

という感想を洩《も》らす者は、五人に一人くらいだった。

情死や自殺も二年に一件ぐらいはある。東北の駒牟礼とは、そういう歓楽の温泉地であった。

角屋《かどや》という料理店は、ストリップ劇場の裏通りにある。この通りは、間口の狭いバア・飲屋・飲食店・喫茶店などがかたまっている。そのなかでも角屋は、わりと大きいほうの料理店であった。階下はテーブルと椅子《いす》の土間だが、二階は八畳と六畳と四畳半とがあり、座敷で食べられるようになっていた。

主人は角野《かどの》栄治といい、板前であった。死亡当時四十八歳であった。妻は、とみ子といい、八つ年下である。以前は仙台の料亭で仲居をしていた。客あしらいは達者なくらい馴《な》れている。瘠《や》せぎすで色が黒く、うすい唇《くち》から出る饒舌が激しい。子供はいない。夫婦の住むところは、調理場の裏の、せまい小屋であった。女中の三十女は二人とも通いだった。主人の栄治は若いとき大阪の料理屋で修業し、そのあと板前として関西を転々としていたから、角屋は京料理の看板を出していた。わりあいに腕がよかったので、繁昌《はんじよう》し、店も大きくした。

栄治が死んだのは、三年前であった。

いまの角屋は、とみ子より九つ年下の田原安雄が包丁を握っている。

死ぬ前の栄治が心臓病で三カ月寝こんだとき、調理人が居なくては商売ができないところから、栄治の知っている安雄を頼んだのだった。

安雄は隣県の町にある料理屋の板前であった。腕は悪くなく、関西風の料理もこなせた。妻子がいる。栄治の病気が癒《なお》る見込みの半年契約で来てもらった。安雄は角屋へ通った。安雄の住んでいる町は駒牟礼から列車で一時間くらいの距離だった。彼は日曜日には休む。

安雄は、頸《くび》の長い、瘠せた男で、眉《まゆ》が太い。寡黙《かもく》で、動作ももっそりとしている。この板前が居ないと、角屋の商売にさしつかえるので、とみ子は安雄を大事にした。

とみ子は口のうまい女で、客にもそうだが、安雄にたいしても聞いているほうがむずがゆくなるほど見えすいたお世辞を言う。舌のなめらかなとみ子と、黙っている安雄とは対照的だった。が、おだてられていると知りながら、悪い気がしていないのは安雄の顔つきでわかった。彼は懸命に働いた。

調理場の火は夜十時には落す。土曜日は風呂《ふろ》に入って最終列車で妻子のいる町に帰って行く。けれども、常連の客がおそくまで居るときは、十時で仕舞いにするというわけにもゆかない。十一時を過ぎることがある。二階の客は人数がまとまって金も使うし、階下のテーブル席よりもずっと儲《もう》かる。たいていは馴染客で、とみ子が女中たちの先頭に立って客としゃべったり酒を飲んだり、嗄《しわが》れた声で唄《うた》をうたったりする。また、あやしげな手つきで三味線を弾いたりした。

そういうとき、とみ子は調理場に降りてきて、安さん、もう少し居て料理をつくってよ、と甘えた声を出し、手を握った。安雄は黙々と従った。終列車をのがすと、安雄は二階の四畳半に泊った。

朝、通いの女中が早く来て、安雄の寝たあとの蒲団をかたづけることがある。そんなとき、揉《も》んでまるめた薄い紙やヘアピンなどが敷蒲団の下から出たりした。とみ子が不用意にも始末し忘れたのである。もっとも、とみ子はそんなことをこまかに気にする女ではなかった。安雄が家に帰らず、角屋に泊る晩が多くなった。

心臓病で臥《ふ》せている栄治が死んだのは病床ではなかった。彼は真夜中に小屋をぬけ出し、表の二階に上る梯子段《はしごだん》の途中で発作がはじまり、そこから階下に転げ落ちて絶命したのだった。

警察の検屍《けんし》では、栄治の遺体に不審はなく、手足と腰の打撲傷は梯子段の途中から土間に転落したときのものだとわかった。

だが、なぜ、栄治がそんなときに床から出て、梯子段を這《は》い上っていたのか。自然死だったので警察では追及しなかったが、当夜は安雄が二階の四畳半に泊っていた。これは推測だが、栄治は女房が横に寝ていないとき、かねて安雄との間を訝《あや》しんでいたので、二階の現場をのぞきに行くために梯子段を昇っていたのではないか。角屋の使用人たちの話から、近所ではそう推量した。浄瑠璃《じようるり》の壺坂霊験記《つぼさかれいげんき》の沢市《さわいち》もどきに、毎夜のように女房が床を脱けて外に忍び出るのを疑った亭主が梯子段へとりついたのであろう。そういって温泉芸者どもは興がった。

栄治の生命保険金も入って、角屋は店の一部を改造にかかった。栄治の四十九日がこないうちに大工が入ったのだが、それが出来上ると、とみ子は安雄を調理場裏の小屋に入りこませた。いままでとは違い、二階が普請《ふしん》して立派になったので、そこに彼を寝かせるわけにはゆかないというのである。その小屋はやはり前のままで、むさ苦しかった。とみ子は、じぶんらの住居よりも営業用を第一にした。

こうして安雄は自分の家に帰らなくなり、とみ子と同棲をはじめた。

とみ子には便利だった。いままでだと、安雄が出勤してくるのが列車の時間から午前十一時ごろになる。魚市場の買出しに間に合わないので、とみ子が市場へ行ったものだが、安雄を入りこませてからは彼が朝早くその買出しに行く。板前の撰択《せんたく》だから、素人《しろうと》のとみ子のそれよりもタネに眼が利《き》く。料理もうまいものができる。帰りの列車の時間を気にしないで済むから、ねばる座敷の上客のため、安雄におそくまで料理をつくらせることも可能になった。彼女にとってこんな重宝なことはなかった。

とみ子は二階の客と酒を飲み合ったり、男客のほうが顔負けするような猥談《わいだん》をしたりした。病気の亭主が死に、九つ年下の男を引き入れてからは、その猥談も精彩を放ち、経験的な現実性が加わった。四十歳をいくつか越した彼女の顔には、地肌の黒さは仕方がないにしても、若返りと色気が増すようになった。事情を知った客は、若い男と一緒にいるとみ子をひやかしたが、それに怯《ひる》むような女でなく、かえって猥談に縒《より》をかけた。

安雄の妻がたびたび来て彼に会い、とみ子と別れて家に帰ってくるよう頼んだ。妻は気の弱い性格で、夫と喧嘩《けんか》することもできない女だった。そのたびに六つになる女の児《こ》を連れてきた。

無口な安雄は、妻子がくると困った顔をし、呟《つぶや》くように、そのうちに家に戻る、と口の中でぼそぼそと言った。彼は何かにおびえているようだった。安雄がおそれているのがとみ子だとは安雄の妻も察していた。とみ子は、彼の妻子が訪ねてくると、ぷいと外に出て煙草《たばこ》などふかしていた。が、そのつり上った眼がどこかでこっちを覗《のぞ》いているようで、安雄を落ちつかなくさせた。

妻は、とみ子にも会った。直談判《じかだんぱん》といったようなことができる女ではないので、ただ夫をかえしてくれと泪《なみだ》を流して懇願するだけであった。とみ子は横坐《よこずわ》りになって、袂《たもと》からとり出した煙草を吸いながら、奥さん、安さんはそのうちわたしがあんたのとこへお返ししますから、それまで待ちなさい、生活のほうは、おたくで駄菓子屋をやっているそうだから心配はないはずだ、安さんも仕送りをするだろうからね、と長い頸を動かして言い、相手にならなかった。連れてきた女の児は無視し、声もかけなかった。妻ととみ子とでは、てんで勝負にならなかった。

妻は、人を入れて話をまとめようとした。が、仲介に立った人々は、みんなとみ子の見幕に怖《おそ》れて手を引いた。とみ子は、本人が帰らないと言っているのにどうしようもないではないか、わたしも彼を突き出すわけにはゆかない、彼の首に綱をつけて引張って行くならそれでもいいが、わたしのところは組の幹部が常連客なので、あんたがたがあんまりしつこく言ってくると、その幹部にたのんで話をつけてもかまわないよ、などと脅しをちらつかせた。とうとう妻は諦《あきら》めて、角屋には来なくなった。そのうちに亭主を返すというとみ子の言葉を信じるしかなかったようである。

こうして、主人の栄治が死んで三年近くが経った。角屋は繁昌した。二階の座敷係の女中も一人ふやし、階下《した》の女中も一人増した。調理場の者も二人傭《やと》い入れた。これまでの者と同様に、みんな通いの使用人であった。

繁昌させるには、それだけの資金が要る。出資者は、隣県の県庁所在地にいる信用金庫の理事長であった。六十すぎの肥《ふと》った男だが、駒牟礼温泉には気に入りの部下をつれてよく遊びにくる。角屋に飲みに来たとき、とみ子が腕によりをかけてサービスした。面白い女だと理事長は気に入り、はじめは部下と来ていたのが、やがて一人だけで来るようになった。一人で遊びにくればしめたものである。とみ子は理事長をからめ取った。土曜日の晩に来る信金の理事長は二階の四畳半に泊るようになった。そこは改装してから以前とは見違えるような立派な座敷になっていた。

安さんが気の毒だ、と使用人たちは蔭《かげ》で言い合った。無口な安雄は、理事長との仲を知っても、とみ子と口論することもなかった。もっとも彼女が信金の理事長と懇《ねんご》ろになったのは、あきらかに金を出させるのが目的である。しかし、安雄はそう割り切って考えることはできない。彼の煩悶する様子がだれの眼にも明瞭にわかるようになった。仕事に身が入らなくなり、昼間から小屋の中で不貞寝《ふてね》するようになった。それがせいぜい彼の抵抗だった。

そうかといって、安雄は角屋をやめて妻子の待つ家に帰るでもなかった。彼は、あきらかに九つ年上の女の心得た技巧に捉《とら》われていた。それは実直な女房の比ではなかった。

この町に二十年前栄治と流れてきて小料理屋を開くまでのとみ子の経歴はだれも具体的には知らない。けれども、どこからともなく風聞は伝わって、以前、彼女は水戸あたりで身体《からだ》を資本《もとで》での水商売をしていたというのである。それがかりに誤りだとしても、そう信じられるだけの体質がとみ子にあるのは疑いなかった。

土曜日の真夜中、裏の小屋を出た安雄が表の二階の梯子段をこっそりと昇るようになった。彼は昇り切ったところで立ちどまり、それ以上、四畳半に飛びこむようなことはしなかった。それだけの勇気のない彼は、そこで襖《ふすま》ごしに聞える男女のささやき声や、もの音や、または肥った男の豚のような鼾声《いびきごえ》を聞いて引返すだけであった。

あれは何だ、とある晩に信金の理事長は、梯子段のしのびやかな足音を耳にしてとみ子に訊《き》いた。使用人がまだ居残っていて掃除でもしているのでしょう、ととみ子はそらとぼけて答え、理事長の脂《あぶら》の厚い胸から背中へ手をまわした。そうして彼の耳に唇を押しつけてその聴覚を塞《ふさ》いだ。

あくる日、安雄はとみ子にこっぴどく叱《しか》られた。あの年寄りは、もうなにも出来ないのだ、わたしは赤ン坊にするように、ただ添い寝してあげているだけだ、それも角屋の繁昌のために信金から金を借りたいだけで、この苦労がおまえには分らないのか、この甚助《じんすけ》めが、と罵《ののし》った。そうして、こんどおかしな真似《まね》をすると承知しないよ、理事長さんが誤解なさると、もう信金から金が出なくなるじゃないか、いままで安い金利と無担保で、信金からまとまった金が無期限に借りられたのも、わたしらをひいきにしてくださっている理事長さんのお蔭だというのを忘れるでないよ、と安雄を戒めた。

そういう叱言《こごと》を言った晩にかぎって、とみ子はいつもよりは床の中でとくに安雄に親切にし、濃厚をきわめた。

安雄は、とみ子を怖れながらも、土曜日の晩は梯子段にしのび寄った。それが深夜の三時ごろだったり、夜明け前だったりする。その時刻だと、理事長はたいてい大鼾をかいていた。

安雄の顔が、眼の落ちくぼむほど瘠せ、色が蒼《あお》くなった。その眼は硝子玉《ガラスだま》のように無表情にぎらぎらと光り、瞳《ひとみ》もそこに貼《は》り付けたように据わるようになった。始終、包丁を握っている板前だけに、とみ子もさすがに気味悪くなったようであった。

晩秋のある朝、とみ子から、安雄が自殺しているという届出が警察にあった。

角屋に行った署員をとみ子は裏の小屋に案内した。そこは六畳と四畳半の二間しかなく、箪笥《たんす》が四つも五つもならべられ、押入れは物置となって諸道具が詰められてあった。六畳には派手な三面鏡があるのが場違いなくらいで、雑多な物が置かれて足の踏場もなかった。低い天井は黒く古び、障子も雨戸も狂ってすぐには開《あ》け閉《た》てができなかった。家は板壁で、文字通り小屋だった。表の料理屋の立派さとはあまりに違いすぎているので、警察署員もおどろいた。

田原安雄は、その四畳半で寝間着の古浴衣《ゆかた》をきて仰向けに死んでいた。日ごろの蒼い顔が鬱血《うっけつ》で赤黒くなっていた。頸には三本の索条溝《さくじょうこう》があった。そばの畳にはそれに使ったと断定できるナイロン製の長い紐《ひも》が輪を描いて落ちていた。

とみ子は、警察署員にこう述べた。いつも自分たちは六畳に寝ているが、この朝六時ごろ眼をさましたとき、隣の蒲団《ふとん》に安雄の姿がなかった。襖を開けると、四畳半で安雄が紐を三重に頸に捲《ま》いて横たわっていた。結び目は前のほうにあった。安雄が自分で紐を頸に捲き、前に結んで自分の力で締めたのだと知り、急いでその結び目を解き、大声で安雄の名を呼んだ。生き返るかもしれないと思ったからだという。

警察がとみ子の話を信用したのは、角屋の使用人たちの話から安雄に自殺する理由があると判断したからだった。それに、頸に捲かれた紐を解いてしまったあとでは、自他殺の推定は困難だった。

安雄の妻にこのことを急報する者があった。

安雄の妻は女の児を連れて角屋に駆けつけた。遺体は二階の八畳に安置されてあった。

とみ子は、安雄の妻と子を仏に会わせるわけにはゆかないと拒絶した。周囲の者が、それではあんまりだと説得したので、彼女は仕方なしにしぶしぶ承知した。そうして妻子が角屋に入ってくると、とみ子は入れ替るように裏口から外にとび出し、眼尻《めじり》のつり上った顔にうすら笑いを浮べ、煙草をのんきに吸っていた。

人が間に入って、安雄の遺骨のほとんどは妻に渡され、白い灰のような残片はとみ子に与えられた。とみ子はそれを丸薬の小さな空瓶《あきびん》に詰め、だれかにもらった神社の家内安全・無事息災のお守り札用の錦袋《にしきぶくろ》に入れ替えた。

二カ月ほど経《た》ってのことである。とみ子の知っているバアの女が路上で彼女と遇《あ》い、そこで立話になった。とみ子が袂《たもと》から煙草をとり出すとき、いっしょに錦袋が袂から出た。何ですか、それは、とバアの女はそのきらびやかな袋を見咎《みとが》めて訊いた。

とみ子は、いったん袂に引込めようとした錦袋をわるびれるふうもなくバアの女の眼の前にとり出した。とみ子はくわえ煙草で、ふふん、と鼻の先で嗤《わら》い、何よ、こんなもの、とお手玉のように空《くう》に三、四回抛《ほう》り上げては両手で受けとめた。錦袋は、空中で陽をうけ金色に燦《きら》めきながら一瞬静止すると、再び急速な勢いで彼女の両手の中に落下して行った。――安雄は死んでからでも、文字どおりとみ子の手玉にとられていた。

土地の人々は、田原安雄はとみ子に絞め殺されたのだと信じている。それだけでなく、亭主の栄治も二階へ上る梯子段から、とみ子に突き落されたのだと推定している。

この話をタクシーの運転手などから聞いた駒牟礼温泉の客のだれもが、それこそ躊《ため》らいもなく、男があわれだな、と言う。

記念に

寺内良二は福井滝子のことをそれとなく両親へほのめかした。彼女はある鉄鋼会社の総務部に七年間つとめている。郷里は北陸で、両親は健在である。ただ、年齢が彼より四つ上である。

そこまではまだよかったが、彼女には離婚歴があって、その過去がひっかかって良二は両親と兄に正面きって彼女との結婚希望が言い出せなかった。

良二の父は六十八歳で、会社の役員をしている。彼のぼんやりとした話を聞いただけでも不服な顔をした。母親ははじめから不安を見せた。

数日後、良二は兄の家に呼ばれた。兄は大学の助教授だった。飯を食いにこいということだったが、ビールを飲みながら訊《き》かれた。

「おまえはその女とどの程度交渉があるのか？」

十歳上の兄は小さいときから良二に君臨していた。両親は自分らの口から言えないので、兄に事情の究明を頼んだのである。

良二は福井滝子と二年前から肉体関係があり、それは今もつづいていると言った。

正直にうちあけた裏には、一家の反対で滝子との結婚に望みがないことがわかっていたからだ。ということは、強《し》いて彼女と結婚しなくてもいいという気持でもあった。

良二は銀行につとめている。ある日、福井滝子が窓口に普通預金をはじめて預けにきた。それが外回りをしている良二の受持ち管内だった。その後、銀行で預金拡大運動の月があって、良二は彼女の勤め先に電話してその帰りに喫茶店で勧誘の説明をする諒解《りようかい》をとった。それが最初の出会いであった。そのとき彼女は十万円の預金を承知した。

預金拡大運動月は年に何回もある。良二は彼女のアパートを訪ねるようになった。福井滝子は独り暮しであった。むろん預金ばかりではなく、払い出しもあって、そのつど彼は親切に面倒をみた。二年前のことである。

馴初《なれそ》めのことから聞き出した兄は、

「女は、どうしてもおまえと一緒になりたいというのか？」

ときいた。

「いや。そうでもない」

じっさい、そのとおりであった。

「そうだろう。おまえより四つも年上で、離婚歴のある女がそんな厚かましいことを言うわけはない。おまえは二十六で、女は三十だ。あと五年も経《た》ってみろ。女は老《ふ》けるのが早いから十ぐらい違ってみえるぞ。女が結婚に執着してないのが幸いだ。よせ、よせ。いまのうちに別れろ」

「うむ。別れてもいい」

「別れてもいいって、煮え切らない返事をするやつだな。おまえのほうに未練があるのじゃないか。相手は結婚の経験者だし、いまが女ざかりだろうからな」

兄は多少猥《みだ》らな笑いかたをした。

良二はビールのせいだけでなく眼のふちを赧《あか》めた。兄には弟の顔が子供のように見えた。

「おまえはグズな性格だ。気が弱い。このままずるずるべったりにその女と関係をつづけてみろ、しまいにはえらいことになるぞ。だいたい、おまえの優柔不断には狡《ずる》いところがある。なんとかなると思いながら様子を見ているらしい。だが、まわりの事情はおまえの都合のいいようにばかりは運ばないぞ。いまのうちに思い切って女とは別れろ」

福井滝子は良二との結婚を強いて望んでいなかった。このままの関係でいいと言った。夫と別れたのは姑《しゅうとめ》との折合いが悪かったのでもあるが、夫には前から女がいたからである。滝子はその過去をひけめにしていた。

「そんな複雑な女といっしょになってもうまくゆかん。おまえが初婚で、相手が再婚の年上というだけでおれは反対しているのじゃない。おまえのいまの気持がどうもふらふらしているようだから、さきのことが心配なのだ。こういうアンバランスな条件はな、よっぽど肚《はら》をすえてかからないと結婚しても駄目なのだ。おまえは女が可哀想だと思っているかしれないが、ただそれだけの同情とか、女の情愛に現在ひかれているだけだったら、結婚してもかならず破綻《はたん》がくる。そうなればかえって女を不幸にするし、おまえだって仕合せじゃない。悪いことはいわないから、いまのうちに別れろ。おまえにとっては初めての女だろうから、いま逆上《のぼ》せているんだ。その熱を少し下げてみろ、まわりに若くてきれいな処女がいっぱい居るのが見えてくるぞ」

大学で物理学を教えている兄は、きわめて俗な説得をした。

良二は滝子の前では、父親もすでに年寄りだから先がそう長くはない、父が死んだら結婚に踏切る、母の反対も弱くなるし、兄とはつきあいを絶ってもいいと言い切った。

「そう、あなたがそのつもりならうれしいわ」

と滝子は言ったが、その言葉を溌剌《はつらつ》に感じさせる表情は彼女に少なかった。

両親にも兄にも秘したまま良二はその後も滝子との関係をつづけた。彼女のアパートは中野の裏通りにあった。近所は個人経営の小さなアパートが密集しているところで、夜は人通りも少なく、路地には伐《き》り残された雑木林の黒い影がとぼしい街灯へ掩《おお》いかぶさっていた。良二は一週間に二度はその影の下を往復した。両親の手前があるので泊ることはしなかった。女もひきとめなかった。だが、タクシーで二十分くらいの大久保に家のある良二は、十一時の時間ぎりぎりまで彼女とベッドにいることができた。

良二は滝子の熟した身体《からだ》の虜《とりこ》となった。二年間の結婚生活で男を知った彼女は、道楽者の夫から教えられた床の中の技巧を良二に施した。当時は若くてその真髄を知らなかった彼女も、熟成した身体に仕込まれている術技にじぶんから惑溺《わくでき》するようになった。良二は彼女の淫靡《いんび》に教育されていった。

滝子にはまた「内妻」としての面があった。彼女は勤め先で相当な収入を得ていたから、良二の身のまわりのものを買った。ネクタイがパリ製の銘柄品といったことがその例であった。夏冬の沓下《くつした》も一級品をダースで買ってくるし、ワイシャツはデパートに彼を連れて行き高級な生地を択《えら》んで寸法をとらせた。

「あなたは外まわりだから、身ぎれいにしてお客さまに好印象をもたれないといけないわ。銀行員らしくスマートにしてね」

滝子は、ボーナスのときは洋服もつくってくれた。

「お家《うち》にはこれを自分で買ったと言うのよ。クレジットだといえばいいわ」

それなのに滝子は自分のものはあまりつくらなかった。

「いいのよ。わたしは以前《まえ》から地味な服装が好きなの。派手なのが似合わないのを知ってるから。それよりもわたしはあなたを颯爽《さつそう》とした姿にするのがうれしいの」

これは「内妻」的な奉仕だが、姉《あね》さん女房のそれであった。

姉さん女房というのは、自己をむなしくして夫をひき立たせ、その蔭《かげ》でうれし泪《なみだ》を流しているものなのだろう。だが、「夫」のほうは甘やかされてはいても、それだけでは満足できない。女が母親代り姉代りになってそれに面倒をみられるのが長くつづくと鬱陶《うつとう》しくなる。こっちから女の面倒を見てやり、甘やかし屈伏させるのが男としての充実感ではないか。女に甘やかされている環境は快適だったが、その芯《しん》には小さな孔《あな》が無数の空洞をつくっていた。

そういう気持になってくると、ベッドの快楽も過剰な虚《むな》しいものになり、教えられたものだけにうとましい気持になってくる。

「わたしは、いつでも別れてあげるわよ。いっしょになるというのははじめから諦《あきら》めてるんだから。そのときは遠慮なくそういってちょうだい。感傷で、ずるずるとこんなことが長びいたら、わたしはかまわないけど、あなたが可哀想だわ」

滝子は男の気持を読むにも敏感だった。

「まあもう少し待ってくれ、親父《おやじ》も会社の役員を辞めて急に弱ってきた、長いことはなさそうだから、親父を見送ったあとで君との結婚に踏切るからね」

良二はまた言った。行きがかりからだった。

「ありがとう。でも、そんな無理をしなくてもいいわ。あなたがどこかのいいお嬢さんと結婚するのを見とどけてから、わたしもそのうち再婚するわ」

じつのところ、良二は女がそういうのを心のどこかで待っていた。気が弱く、優柔不断で、ぐずぐずしていながらおまえには狡いところがある、と言った兄の指摘はあたっていた。良二はそのような周囲の変化を心ひそかに狙《ねら》っていた。

兄に説得された時よりも、滝子の容貌《ようぼう》はすこしずつ衰えてきていた。弾力をもっていた腿《もも》も軟らかくなった。

けれども、滝子の口から再婚の言葉が出ると、それを期待しているのに、良二は嫉《しっ》妬《と》をおぼえて彼女にいどみかかった。女もじぶんの口を衝《つ》いて出た再婚の言葉に燃えた。

滝子は毎朝、良二の昼弁当を持って彼を出勤途上の大久保駅のホームで待つようになった。銀行の食堂の昼飯は安いがメニューがきまりきっていて不味《まず》いと彼が洩《も》らしたからである。

四角なアルミの弁当箱ではなく、半月形の重箱で二つ重ねになっていた。一つはおかず入れで三つに区切られている。ベークライトだが、輪島塗りのようにその朱色が派手に見えた。三つの区画の中には魚の焼きもの、野菜などの煮もの、卵焼きなどに香のものがうつくしく詰められている。その品種が毎日変った。八時半に駅のホームにそれを持参して佇《たたず》むには、滝子は毎朝六時に起きて弁当づくりをするということだった。実際、二重になっている下の半月形の容器には朝炊《た》いたままの飯が粒を立てたようにふんわりとよそってあった。ときにはおかずが中国料理ふうだったり、飯がピラフふうだったりした。

「食堂でみんなにひやかされるんだ。いつも花見弁当のようだって」

翌朝は前日の弁当箱をホームで交換して渡す。滝子はその重箱を二組買っていた。良二は食べたあとは銀行の湯沸し場で洗い、鞄《かばん》の中に入れた。こうすると母に見つからずに済む。

「いいじゃないの。羨《うらや》ましがられているんでしょ。おかずはたいしたものはつくってないわよ。お重箱だってベークライトの安ものよ。そのほうがほんものより軽くていいと思って」

しかし、それが毎朝つづくと良二もうんざりしてきた。第一、カラ箱を洗うのが面倒だし、それを鞄の中に入れて持ち帰るのも鬱陶しかった。

「いいわ。そいじゃ、その手間が省けるように汽車弁のように発泡スチロールの折箱にするわ。それだったら捨てても平気だから」

三日後から朱塗りの重箱は白くて軽やかな紙製品のような容器に変った。カラ箱を洗う面倒も、それを持ち帰って翌朝の新しい弁当と交換する手間も要らなくなった。発泡スチロールの弁当箱は汽車弁当屋から相当な数をわけてもらったということだった。一カ月でも確実に二十六個は要る。滝子のアパートの部屋にはその箱が氷塊の山のように積み上げられてあった。むろん弁当の中味に工夫がつづけられていることには変りなかった。

しかし、それも次第に良二には気重くなってきた。朝ごとに駅のホームで弁当を押しつけられると思うと、彼にはそれが負担になってきた。

彼は、弁当を何度か断わった。滝子の親切を思うと、理由をほかのことにしなければいけなかった。

ある晩、いっしょに寝ているとき、毎朝のことだからきみもたいへんだろう、と彼女の労力をいたわり、経済上の損失を庇《かば》って遠慮を申し出たのだが、

「そんなことは少しも苦にならないのよ。弁当のおかず代だって知れてるもの。おかずのつくりかたも、料理の本などみて工夫すると愉《たの》しいものよ。このごろはわれながら腕が上ったと思うの。おいしいでしょう。わたし、いまの会社をやめたら、小さなお茶漬け屋さんか仕出し屋さんを開こうかと考えてるの。その研究だと思って、あなたは余計な心配をしないで、どんどん食べて批評してちょうだい」

と、滝子は冗談ともつかずに言った。

たとえ、それが軽口だとしても、滝子の頭に良二との結婚が薄い観念でしかないことがわかった。彼は半ば安心するとともに、それだけ彼女に不愍《ふびん》がかかった。

良二は弁当が拒否できないように彼女との関係も断ちきれなかった。

兄に指摘された彼の煮え切らなさから、彼の心の底に次第に鉛のようなものが詰っていった。気がつくと、彼は若い気持をすっかり失っていた。すでに年上の女と同棲《どうせい》しているような、いじけた拘束に彼は閉じこめられていた。自由な、青春の蒼空《あおぞら》は、頭上に少しも見えなかった。

良二は若い娘と恋愛をする以外にはないと思った。だが、恋愛がそうやたらと手近かなところに転がっているわけはなかった。彼は、いつかはくるかもしれない新しい恋愛の時まで、滝子との関係をつづけようと思った。滝子との間を完全に断ってしまうのは寂しかった。恋愛でもいい、結婚でもいい、とにかくその機会がやってくるまで空白でいるのは耐えられなかった。もはや彼には滝子の肉体なしには一週間と我慢ができないものになっていた。たとえそれによって鬱陶しさが増すにしても、いまはけだるい魅力であった。

要するに、良二には滝子とのあいだを清算して次の恋愛なり結婚なりに備えて清潔な生活をするという決断がつかなかった。彼の優柔不断の底にひそむ利己主義がそこに在った。気の弱い人間の狡猾《こうかつ》であった。

気の弱い面では、まだ弁当のことがつづいた。

良二は、朝の出勤になんど大久保駅を変えてべつの駅から乗車しようと試みたかしれない。弁当は、彼には負担というよりも重圧に近いものになっていた。それを避けるには道順を変えるしかない。

たとえ滝子をすっぽかしたところで、怒るような女ではなかった。はじめは行き違いだとか何とかいう良二の弁解を聞くが、そのうちに彼の気持がわかってきても、しようのない人ね、と苦笑し、そんなに弁当をうけとるのがいやだったら、もう止《よ》すわ、と静かに言う女であった。彼女はいつもじぶんが年上であることを意識していた。

だが、良二は滝子が大久保駅のホームの決った場所で、手づくりの弁当を抱え、時間ぎりぎりまで立っていると思うと彼女が可哀想ですっぽかしもできなかった。彼は、二、三度くらいそれを実行して、行き違いを口実にしたけれど、長つづきはしなかった。

彼にはそういう善良さはあったが、それも彼の決断のなさからきていた。それは一面からすると、ホームに待っている女じたいがもう強迫観念になっていた。

両親に滝子とのことをほのめかし、兄に説諭されてから三年目の秋になった。両親も兄も、女とは手が切れたものと思いこんでいた。兄はあのあと、二、三度くらいその後の様子を訊《き》いたが、良二は解決済みでもう何もないと答えた。彼の純真そうにみえる人がらは、兄や両親すらもそう信じこませていた。

だから、そのとき結婚の話が両親から出てもふしぎでなかった。良二も二十九になっていた。

相手は、兄の妻の友人の妹だった。二十三歳で、女子大を出て一年しか経《た》っていなかった。勤めには出ないでいる。資産家というほどではないが、経済的に余裕のある家庭ということだった。嫂《あによめ》が持ってきた写真は悪くはなかった。

あるホテルで食事をする見合いがおこなわれた。娘は、とくに美人というほどではないが、清純な感じに溢《あふ》れていた。均整のとれた上背のある姿態がその感じをよけいに強めた。

嫂が橋渡しの役目をつとめた。十日後に、先方から良二に異存がなければ娘との交際をおねがいしたいという意向を嫂を通じて伝えてきた。良二は同意の旨《むね》を嫂に答えた。

嫂は兄から前にあった良二の女の話を聞いているにちがいなかった。そうして、その女とはもう何でもなくなっているということも夫である兄から聞いているはずだった。だから、兄夫婦はそのことを良二に確かめもせずに縁談を持ってきたのだ。

滝子との関係はいまもつづいているのだから、良二は兄夫婦も両親も瞞《だま》したことになる。とくに嫂にそれが分ると、完全な第三者の仲立ちでないだけに、深刻な事態になるのは必至だった。

しかし、そうなるわけはないと良二はタカをくっていた。滝子は、そんな場合はいつでも別れると常から言いつづけていた。それが口さきだけでないのは良二にもわかっていた。滝子が良二との結婚を最初から諦めているのは明白であった。

話をしたら、滝子はかならず理解してくれると良二は確信していた。彼女は異議を唱えないはずだ。理性が勝ち、いつも年上の立場から彼を見ている姉さんぶった女だから、揉《も》めごとを起すような気遣いはなかった。

そのときは遠慮なくそう言ってほしい、感傷だけで、ずるずるとこんなことが長びいたら、わたしはかまわないけど、あなたが可哀想だわ、あなたがいいお嬢さんと結婚するのを見とどけてから、わたしもそのうちに再婚するわ、と言った滝子のあきらめた声が良二の鼓膜にはこびりついていた。

良二は見合いした娘と交際を重ねた。明るい性格の女で、話も知的で、はきはきしていた。その肢体に若さが充実し、顔の皮膚は内面から耀《かがや》き出ていた。そんなものがきわだって映るのも三十三になった滝子との比較からであった。

その娘が能を稽古《けいこ》していると聞くと、良二は謡《うたい》を習おうと思い、ついぞ興味ももたなかった銀行の謡曲同好会に加入して先生に就いた。

日曜や祭日に相手の娘と二人きりのそぞろ歩きや食事は愉しいものだった。彼はつとめて相手に気に入られるように振舞った。

良二はこの縁談の成就《じょうじゅ》をねがい、嫂に頼みこんだ。それだけに先方から受諾の挨拶《あいさつ》を伝えられたときは有頂天であった。挙式の日取りも来年四月六日と決った。

良二は中野のアパートへ行き、思い切って滝子に結婚のことを話した。動悸《どうき》が激しく搏《う》ち、容易に言葉が出なかった。十一月中旬の冷えた晩であった。

彼の低い声を、滝子は姉のような口ぶりで促し促しして全部を聞いた。見ていても彼女の衝撃はかくせず、長いあいだ黙っていた。良二はうなだれていた。二人の間に沈黙がつづいた。彼が上眼づかいにそっと見ると、滝子は泪《なみだ》を流していた。良二もさすがに胸が潰《つぶ》れる想《おも》いであった。

しかし、頰を濡《ぬ》らしてはいたが、滝子はとり乱した泣きかたではなかった。

彼女はハンカチで泪を拭《ふ》き終ると、

「とうとう覚悟した日が来たわね」

と詰った声で言った。血が上って顔が真赤になっていた。

姿勢も崩さず、落ちつきをとりもどすようにまたしばらく黙ったあと、唇をかすかに歪《ゆが》めて笑みを見せた。

「おめでとう」

まだ泪声がおさまりきらないなかで滝子は言った。

「これであなたもとうとうわたしから解放されたわね」

「済まない」

　良二は頭をさげた。ほっとなっていた。

「いいのよ。前々からわたしはあなたと結婚できないと知ってたんだから。だから、ほかに良縁があったら、遠慮なしにそういってちょうだいといってたでしょう」

「ゆるしてくれるの？」

「ゆるすもゆるさないもないわ。わたしからいった約束だもの。これでわたしも自分で心の整理がついたような気がするわ。ほんとは、ずるずるとなっている自分がイヤになっていたの。建て直しをするわ」

　立ち直ってくれとは義理にも良二はいえなかった。また、そんなおとなびた言い方はできなかった。いつも自分のほうがおさない立場であった。

「いいお嬢さんと結婚するのが決ったんだから、わたしも安心だわ。あなたがわたしにかくれて好きなひとをつくって、そのひとと結婚するんだったら、わたしはかなしいけれど。……お見合いと聞いて気持がずっと明るいの。あなたはわたしを裏切らなかったのよ。ありがとう」

　それは滝子のいつわらない気持にちがいなかった。が、良二からすると、彼女はやはり格段に貫禄《かんろく》が上であった。

「きみもそのうちに結婚してほしいな」

良二はようやく明るく言った。それにも彼のエゴがあった。

「そうね。しばらくひとりでぼんやりとしていてから、考えるわ。わたしのばあいは再婚だからそう急ぐことはないけど、いい話があったら、そうするわ」

もはや再婚の話に良二は刺戟《しげき》をうけるようなことはなかった。眼の前の、三十半ばに近い女は頰がたるみ、眼のふちには小皺《こじわ》ができていた。顔色も濁っていた。それがはっきりと見えるのは、やはりこれから結婚する若い相手との比較からであった。透き徹《とお》った顔の皮膚、緊密な弾力性を想像させる若い身体《からだ》にたいして、肉の衰えた滝子に何の魅力も感じさせなくなっていた。

少々長びいたけど、この女と別れられて、無事に結婚できるのをありがたいと思った。そのためには滝子にも早く再婚してもらいたかった。彼女に新しい恋人ができても救われる。ひとりで居られるほうが気になる。自分らの新しい家庭に翳《かげ》をさす存在にならないともかぎらなかった。その禍根を絶つためにも滝子に夫なり愛人を持ってもらいたかった。

「そのお見合いしたお嬢さんは、どんな方？」

泪声を乾かした滝子は、普通の微笑になってきいた。

「うむ。まあそう悪くはないと思うけど」

はじめは遠慮していた良二も、滝子の姉のような口のききかたと日常的な会話に気持が軽くなり、すべてを話した。また正直にうちあけることが、滝子の心を和ませると思った。そこまではいいのだが、いつのまにか彼は調子に乗って、相手の印象を具体的に話しはじめた。その顔だちだとか、いっしょに歩いているときの様子だとか、その話の内容だとか、食事のさいの素振りだとか、ついには相手が能をやっているので自分も謡曲の稽古をはじめたなどと言い出した。

「あなたが気に入ってなによりだわ」

滝子は顔色も変えずに言った。

「わたしも安心だわ。あなたは気が弱いほうだから、そのお嫁さんになるひとが少し勝気なくらいだといいわね」

「あんまり気が強くても困るけどね」

きみぐらいに世話をやいてくれるひとだといいんだが、と言いたかったが、それは口に出せなかった。そこまでのやりとりは、まるで親戚《しんせき》どうしが話しているみたいだった。

「お式はきまったの？」

「来年の四月六日」

「そう。その日が大安なのね」

滝子はさすがに感情を瞬時に見せた。十一時が近くなった。良二はベッドに眼を遣《や》った。カバーがきちんとかけられ、皺一つなかった。

「今夜で、お別れね」

滝子のほうから握手を求めてきた。良二はその手を放さずにベッドのほうへ立ちかけた。

「いけない」

滝子は手を激しく振り解《ほど》いた。はじめて責める眼になった。

「その話をあなたがわたしにしたときから、もうお別れになっているのよ。わたしたちの五年間のあいだはおわりになっているのよ。これからは友だちでもないの。五年前と同じに見知らぬ他人どうしだわ。さあ、遅くなるから帰って」

元気でね、と言った。そのとき急に滝子に嘔《は》くような嗚咽《おえつ》が出た。——

年があけた。正月には良二もすでに近づきになった先方の家に挨拶に行き、その娘も着飾って彼の家にきた。二人はそれから街に遊びに出た。

二月に入ると結納のとり交わしがあった。予約したホテルでの披露宴の打合せに、二人で支配人に会ったりした。招待状の宛名《あてな》を書いてもらうメモを書き、最終的な人数を決めた。

三月になると、お祝いの品が持参されたり送られてくるようになった。すると、その月の半ばに四月十日付で福岡支店に転勤の内示があった。それだと、新婚旅行から帰ると、すぐに九州へ赴任することになる。

四月になった。心忙《せわ》しかった結婚式の準備も終り、六日の挙式まで一種の弛緩《しかん》した空白状態がきた。

良二は、滝子を思い出した。去年の十一月の寒い晩に中野のアパートを去ってから音信は絶えていた。彼女から銀行に電話はかかってこず、こちらも彼女にしなかった。できなかったというのがあたっている。再婚の話はもち上っているのだろうか。それとも恋愛をはじめたのだろうか。恋人と別れた直後には、その傷を早く癒《いや》すために女は浮気をするという話をよく聞く。良二はやはり気になった。

明日が結婚式だという五日の夕方、銀行の親しい友人たちが独身最後の日だというので、良二のために「送別」会を開いてくれた。酒が入った。

八時ごろ、良二は明日の準備を口実に中座した。それから滝子のアパートに電話した。

「明日なのね。おめでとう」

百四十日目の滝子の声であった。彼女は挙式の日を憶《おぼ》えていた。

「ぼくね、福岡支店へ転勤になったよ。十日から九州に行く」

「あら」

「だから、今夜、ちょっときみと会いたい。これからそっちへ行っていいかい？」

返事はすぐにはなかったが、

「ええ、いいわ」

という明るい声がもどった。

良二はタクシーを中野の裏通りに走らせた。これも百四十日目にアパートの部屋の前に立った。滝子がドアを開けて迎え入れた。のこのことよく行けたものだ、とはあとで起った他人の批評である。

結婚の前夜というのが良二の情念を燃え上らせていた。彼は相手の娘と婚前の交際はしていたが、性的交渉はなかった。彼女は清潔に過ぎ、それを言い出す隙《すき》がなかった。軽率なことをいって破談になるのを彼はおそれていた。二人きりの夕食のあとでも、あっさりと別れた。それだけに、結婚式をあげる前に、知り尽した滝子の肉体の中に最後に沈みたかった。妻になる女は稚《おさな》すぎて、きっと生硬にちがいない。

「あなたからの電話が遅かったから、何も用意してないわ。あり合せよ」

滝子は冷蔵庫からビールをとり出し、ハムを切って皿に乗せた。彼女はいそいそとしていた。このハムも大久保駅のホームで渡してくれる弁当にはよく入っていたものである。

滝子は良二のコップにビールを注ぎ、良二も彼女に注いでやった。乾杯をした。

「おめでとう」

滝子が見つめて言った。

「そうじゃないよ。これは二人の記念だ」

良二が視線を押し戻して言った。

「九州って、ずいぶん遠いところに転勤するのね？」

「ああ、島流しだ」

「じゃ、もう、ほんとに会えないのね」

「ああ」

「これが別れの記念ね」

滝子の瞳《ひとみ》も熱くなっていた。

ベッドへ引張ってゆく彼の手を滝子はもう拒まなかった。

「再婚の話はあるの?」

ベッドのカバーもフトンもめくりあげて滝子をひきずりこみ、下着を脱がせていた。

「ばかね。そんな話なんか、何もないわよ」

「じゃ、新しい恋人は?」

「それもずっとさきのことよ。だれも居ないわ」

熱い暴風に煽《あお》られる波濤《はとう》の渦巻きは長くつづいた。滝子のほうが執拗《しつよう》だった。

その海面がようやく凪《な》いだ。

良二は疲れて睡《ねむ》った。その熟睡が、そのまま彼の死に移行した。頸《くび》には腰紐《こしひも》が捲《ま》かれていた。

滝子は、冷えてゆく彼の身体の傍にすわっていつまでも哭《な》いていた。

箱根初《はつ》詣《もう》で

昨夜フロントに五時半の朝起し《モーニング・コール》をたのんだが、それをあてにする必要はなかった。慶子は部屋に隣り合ったせまい温泉風呂《ぶろ》から上って鏡の前に坐《すわ》っていた。眼蓋《まぶた》の裏に渋を塗ったように睡気《ねむけ》と疲労が貼《は》りついていた。

カーテンの隙間《すきま》から見える外は夜だった。ホテル敷地内の青白い外灯が眩《まぶ》しく、鉤《かぎ》の手になった別棟の窓にも橙《だいだい》色の灯がいくつか闇《やみ》にこぼれている。それでも近い山の上に空がうっすらと乳色がかっていた。

湯音を騒がせて夫の弘吉が浴室から上ってきた。禿《は》げた頭に湯気が立ち、頸《くび》から胸のあたりが真赤だった。肥《ふと》った身体《からだ》を動かしてズボン下をはき、シャツをつけ、どっかと尻《しり》を据えて沓下《くつした》をはいている。緩慢な動作だが、心臓肥大のため荒い呼吸《いき》をしていた。

慶子は知らぬ顔で化粧をつづける。五年前に弘吉と結婚した最初から彼の身のまわりの世話はなるべくしないようにしていた。再婚女の弱味を見せたくなかったからだが、それが習慣のようになっていた。弘吉もべつに不平顔はせず、ひとりで自分の支度をした。もともと繊維問屋の丁稚《でっち》から敲《たた》き上げた人で、なんでも自分ですることに慣れていた。

慶子が、こんどで四度目の冬を越すミンクのストールを頸に捲《ま》いてコートをつけたときは、弘吉はもう黒い背広を着終って、窓ぎわの籐椅子《とういす》に大きな身体を埋め、カーテンの隙間《すきま》をのぞきながら煙草《たばこ》をふかしていた。外はよほど白くなって景色が浮かび出ていた。

フロントからの電話で予約したハイヤーの迎えの知らせがあった。弘吉は洋服かけから自分でコートを取って着る。急いで着たいきおいで足もとが乱れ、ちょうどそこに立っている慶子によろけかかった。そのまま慶子のコートの背に手をまわして抱き寄せようとした。慶子は十五歳違う夫のいつもの執拗《しつこ》さから遁《に》げた。眼蓋の裏に疲れが残っているのも、年始めのヒメゴトがどうだとか卑猥《ひわい》なことをささやいて、昨夜はろくに睡らせなかったからだ。弘吉は前に二度結婚しているが、妻は二人とも六年くらいで病死していた。

小涌谷《こわくだに》から元箱根に出る山あいの道路は、坂道を下る往《ゆ》く車よりも上ってくる帰り車が多かった。その窓に白い破魔矢や赤い餅花《もちばな》がちらついている。これからお宮へ行く初詣での時刻にしては遅いほうだった。空には日の出前の澄明《ちょうめい》な、淡い紅色《べにいろ》が光を刷《は》いていた。が、山の朝は遅く、林の奥にはまだ闇が残っていた。

芦ノ湖に出たところで車を停められた。警官や地元の青年団の交通整理で、車はみんな駐車場へ追いやられる。その混雑の中を慶子と弘吉は降りて湖畔の道路を北へ歩いた。湖から冷たい風が吹いてくる。道路わきにならんだ土産物店はまぶしい電灯をつけ、軒に餅花や凧《たこ》を吊《つ》り、羽子板を飾って派手だった。その前をぞろぞろと人が通る。ここでも参拝をすませて戻る人のほうが多かった。

湖水に赤い鳥居が立っている真向いの斜面に高い石段がある。樹齢を経た杉の林にかこまれているので、あたりは暗かった。それだけに篝火《かがりび》の真赤な色が冴《さ》えていた。火のまわりには黒い人影が集っている。木立ちの下に斑雪《まだらゆき》が溜《た》まって、ここは寒かった。

午前一時ごろから五時ごろまでが初詣での人出の最盛時間だろうが、いまの時刻だとさすがに混み合うというほどではなかった。石段を上下する参拝者は近隣の人々と温泉客とが半々くらいだった。地元の若い女は振袖《ふりそで》などの晴着だが、温泉旅館などから出てきた女はコート姿で地味だった。弘吉は石段の途中で何度も休んだ。肥っているのと、五十を越した年齢のつらさである。

ようやく上り切ってから拝殿の正面に弘吉は立って、拍手《かしわで》を再三鳴らし、熱心に祈っていた。彼の祈願の内容は慶子にわかっている。今年こそ店の景気がよくなるようにと祈願しているのだ。繊維問屋は不況である。

年末を箱根の温泉に泊り、元旦《がんたん》は箱根神社へ初詣でをするというのが去年十一月に思いついた弘吉の案であった。やっとのことにこのホテルに割りこめた。ホテルで年越しするとは五年前に彼といっしょになってから慶子には初めてだが、彼は大晦日《おおみそか》の集金や支払いのこと、二日の初荷のことも七人使っている店員のいちばん古いのに任せてきた。それというのも十五歳下の女房が気に入っているからだった。

拝殿をはなれると、石段を降りかけた。高い石段は途中で切れてそこから横にまわると広場になっている。まわりも杉林だった。甘酒を売る屋台などが出ていた。あたりが明るくなるにつれて篝火の勢いも衰え、そのへんの人影も少なかった。

足の先まで冷えきっていた。箱根と東京とでは五、六度くらい違っていそうである。温かそうな白い湯気に誘われて弘吉が甘酒の屋台へ歩みかけた。屋台の前も人がまばらだった。

慶子はその中の男女づれを見て、息を呑《の》み、そこへ歩きかかる弘吉を押し止《とど》めた。甘酒の大きな茶碗《ちゃわん》を握っている先方はこっちに気がつかなかった。

だれだ、と弘吉は元の石段を降りながら慶子に訊《き》いた。彼は二人づれの白髪頭《しらがあたま》の男のほうが彼女の知り合いと思ったらしかった。半ば詰問《きつもん》調になっているのがそれである。

　奥さんのほうよ、と慶子は答えた。以前ある所で顔馴染《なじみ》になったひとだが、こんなところで挨拶《あいさつ》するのが面倒くさいので、と言った。弘吉はすこし不愉快そうな顔をしたが、それ以上は問わなかった。慶子の前の結婚時代の知人と察したらしかった。

　それに間違いはなかった。甘酒の屋台店の前で見たのは、たしかに死んだ前の夫、祐介の同僚近藤志摩夫の妻絹江だった。すこし顎《あご》のしゃくれた特徴も十年前と変らなかった。やはり十年後の中年では顔もふけ、身体も肥っているが、横顔はそのままだった。しかし、女ざかりである。

　横にいた白髪頭の男は、近藤絹江がその後いっしょになった相手だろうか。六十以上にみえるが、それだと絹江とは二十五、六ははなれている。夫婦にしては少々不自然な年齢の違いだ。しかし、兄妹とか親戚《しんせき》とかいった間柄でないことは、一瞥《いちべつ》した二人の様子でもわかった。絹江は白髪の男にべったりと寄り添っていた。

　十年前、気まずい仲になって絹江と別れたいきさつもあった。が、彼女の現在の境遇が推察でき、それが慶子をそこから黙って遁げさせたのだった。

　湖畔の道路へ出た。湖面には朝の光の中に対岸の山が青黒く影を映している。これからお参りする人の列と行き遇《あ》う。人々の顔にも光があたっている。傍の店からする、めの匂《にお》いがしていた。すこし歩くと、唐黍《とうきび》を焼く香が漂ってきた。

すると慶子の眼には、ニューヨークの街角の屋台車で色の黒いプエルトリコ人が焼いている唐黍《コーン》の黄色い紡錘《ぼうすい》形がふいと浮んできた。この冬山に囲まれた朝の空も、高層建築物の群に窄《せば》められた暑い真夏の濁った青空に変って映った。——

弘吉は、慶子が黙りこんで眼を据えたようにして歩いているのを見て、その不機嫌がさっき目撃した男女づれに関係があると思っているらしかった。彼の追及がはじまるのは、両国の家に帰ってからであろう。彼は死んだ妻の前夫が、一流商社の若いエリート社員だったことにいつまでも嫉妬《しっと》をもちつづけていた。しかし、ニューヨークでの前夫の死はわかっていても、その死のほんとうの原因を弘吉は知らない。それはいまの夫だけではなく、勤めていた総合商社のL商事の一般社員にも知らされていないはずだった。

直井祐介、近藤志摩夫、河上正志の三人の本社員がニューヨーク支店に出張した。十年前の夏である。ニューヨークでひらかれた新製品の展示会を応援するためだった。それが盛況裡《せいきょうり》に一週間で終了した翌日、三人が乗ったタクシーがトラックと正面衝突して三人とも打撲傷で死亡、助手席に乗っていた案内役の支店駐在員大槻《おおつき》隆二は重傷を負った。社の内外での発表はそうなっている。真相を知っているのは社の一部の幹部だけである。犠牲者の妻たちも現地に行ってはじめて支店長から極秘裡に事情を明かされた。——いまの夫にどんなに追及されようと、それはいままでもしばしばあったことだが、これぱかりは言えなかった。

その弘吉は傍の店から大きな餅花を買った。景気直しのつもりもあろうし、家で待っている八つになる先妻の娘への土産でもあった。むっつりとしている慶子に当てられて腐っている自分の気分転換の意味もあった。ハイヤーの中に持ちこんだ餅花は、そのしなやかな柳の枝が揺れるたびに、吊りさげた宝船や達磨《だるま》やサイコロなどが小さく鳴った。その乾いた音は、慶子の潤《うるお》いのない心に転がった。

出張先のニューヨークで夫が交通事故に遇ったという本社からの電話を受けたのは、慶子が二十五の年の七月半ばであった。本社に駆けつけると、専務室に呼び入れられた。そこには祐介といっしょに出張した近藤志摩夫の妻絹江、河上正志の妻安子も来ていた。

専務は憂《うれ》いげな面持で話した。ニューヨーク支店からの電話連絡で昨夜（時差の関係で日本時間では今日になるが）の九時ごろ、ご主人がた三人の乗られたタクシーがブロードウェイ近くの交差点でトラックと衝突し、お三人とも負傷し、目下、病院に収容されている。展示会の打ちあげという意味で市内案内役を買っていた支店駐在員の大槻君も同様である。で、明日の午後八時に羽田を出るニューヨーク行の旅客機の席を予約しておいたから、それで出発していただきたい。向うに着いての万事のお世話は、支店長以下全員が当ることになっている。そういう話であった。

突然のことで、三人の妻たちは驚愕《きようがく》した。いちばん先にくる懸念《けねん》は、夫の怪我《けが》の程度だった。専務は、詳しいことはまだよくわからないが、いまのところ生命にかかわることはなさそうです、と言った。それを聞いて妻たちはほっとしたが、どういうわけか専務の顔色も声も重かった。が、その場では出張先の夫の事故を専務が気の毒がっているように妻たちはうけとった。

慶子は翌日夕方までに入院中の夫のために買いものに走り回った。新しい下着やパジャマなどのほか、起きられるようになってから病室でくつろげる着物の手入れなどした。お粥《かゆ》が炊《た》ける米のほか、買いものには赤飯の罐詰《かんづめ》、京の柴漬《しばづ》けの取合せ、小魚や昆布の佃煮《つくだに》、吸物用の味噌《みそ》、高野《こうや》豆腐、牛肉の生姜煮《しようがに》の瓶詰《びんづめ》、羊羹《ようかん》などがあった。動顚《どうてん》した気持の中で、思いつくままに買い集めた。日本茶や焼き海苔《のり》などはニューヨークでも売っているにちがいないが、それでも持って行かないと気が済まなかった。

それに、夫が退院できるまでは自分も滞在しなければならない。自分のための支度もあった。退院が秋になることまで考えて、持って行く着更えの衣類も二個の大型トランクでは足りないくらいだった。

慶子はそんな忙しい準備に追われている中で、ふと、こういう支度も買い物も不要になるのではないかという気がしてきた。不安が不吉な想像に走った。専務の沈痛な表情と言葉が思い出されるのである。もし夫の生命に別条のない負傷だったら、専務があのように暗い顔と沈んだ声を出すわけはないように思われた。

ふつうだと、外国の出張先で奇禍に遇った社員の妻たちを安心させるために、上司はもっと明るい表情を見せ、つとめて気軽に振舞い、笑顔をつくっていいはずである。そのようなことは一切なかった。これは専務がそんな演技をしても、奥さんたちが現地に行けば実態の判《わか》ることで、そのそらぞらしさを考えたからではあるまいか。

心が凍りつく想像を慶子はその場ではすぐに捨てたが、それがもっと現実味を帯びて返ってきたのは羽田を出発するとき、見送りにきた部長や課長や同僚らの表情であった。みんなは低い声で挨拶し、眼を伏せていた。その様子は腕に喪章を捲いてないだけのようであった。

様子がどうもおかしいと河上正志の妻安子が言いはじめたのは機が夜の太平洋上を

飛んでからしばらくしてだった。安子はぎすぎすした顔に度の強い近眼鏡をかけ、日ごろからあまり笑わない性格のようだった。英語教育で高名な女子大を出て、いつも理屈ぽいことを言っている女にみえた。安子の不満は、昨日本社に呼ばれたとき専務だけで社長が挨拶に出なかったことにあったが、今夜の羽田の見送りにはその専務も顔を見せないのが不審だというのである。思うに交通事故に遇った三人の夫はすでに死亡しているのではなかろうか。死亡のことをすぐに知らせないのは家族の急激な衝撃をやわらげるためによく使われる手段である。まず重傷だと言っておいて、死の報知をあとまわしにする。社長は、あとで判るそんな白々しいことを言うのが辛《つら》さに挨拶には専務を出したのかもしれない。その専務も同じ想《おも》いで羽田には来ず、部長や課長を遣《や》ったのではあるまいか。専務や部課長の異様に沈痛な態度は、そうとしか解釈できない。安子は眼鏡の奥の切れ長な眼を二人に当てて言った。それは慶子がひそかに持っていた不安を具体的にいいあてたものだった。

近藤絹江は、早くも声をあげて泣きだした。彼女は前にバアのホステスだったが、近藤志摩夫と恋愛して一緒になったということであった。可愛い顔で、性質もおとなしそうだった。教育を受けてないのを同僚の妻らに負い目に感じているところがあり、出発の時から同行者二人に頼り切っている様子だった。

絹江があまり哭《な》くので、まわりの乗客の奇異な眼を集めた。慶子は彼女の肩に手を当てて、まだそうときまったわけではないから、落ちついてください、お互い同じ立場だから、どんなことがニューヨークで待っていても励まし合いましょうと言った。河上安子はそんな絹江を半ば軽蔑《けいべつ》と憐愍《れんびん》の眼で見ていたが、直井さんのおっしゃるとおりだわ、わたしたちは共同の運命にあるのだから、しっかりと手をとり合ってすすみましょう、と絹江を激励した。絹江は肩を震わせながら頭ばかりさげていた。

機内では、その頃珍しかった映画がはじまったが、慶子はスクリーンを見るどころではなかった。河上安子に言われてから、もう夫の死亡が確実になったような気がした。祐介といっしょだった日の想い出ばかりが湧《わ》き上ってくる。二人の恋愛期、結婚してからのこと、日常の些末《さまつ》なやりとりまで自分でもおどろくほどの記憶力であった。つまらぬことほどその記憶が鮮やかなのである。彼との愛情の深さがいまさらのように思い知らされた。どうか生きていてくれるように、たとえ不自由な身体《からだ》になっていてもいい、生きていてくれるように、と祈った。泪《なみだ》が溢《あふ》れ出て、押えても嗚咽《おえつ》がひとりでにこみ上ってきた。

航行時間が長いので、会社ではファースト・クラスをとってくれたから、二人席だった。慶子の隣の絹江は泣き疲れたのかやがて寝入った。通路を隔てた横に安子がいたが、その隣に顎鬚《あごひげ》を伸ばした若いアメリカ人が坐《すわ》っていた。安子はそのアメリカ青年と英語で話していたが、ときどき笑い声を立てていた。慶子はいつまでも睡《ねむ》れなかった。

夜が明けて食事が出た。慶子も絹江も食欲はなかった。安子は隣のアメリカ青年と談笑しながらナイフやフォークを活発に動かしていた。昼食もそうだった。慶子は安子の元気なのにおどろいた。けれども安子はできるだけ気を紛らわせているのだと思い、そういうことができる安子をうらやましく感じた。

じじつ、安子は席を立ってきて、気持をしっかり持っていなくちゃだめですよ、まだよく分らないことに今からくよくよして、わたしたちの身体がさきに参っちゃ困るわ、と二人を励ました。

そうして絹江が手洗いに立った間、その席に坐って、ねえ直井さんの奥さま、これはまったく万が一の場合だけど、主人たちにもしものことが起っていたら、会社には充分なことをしていただきましょうね、だって出張先で起ったことですもの、殉職扱いにしてもらうのは当然だわ、お金もそれに見合うだけの額を支給していただかなくちゃね、もし会社がそれを渋るようだったら、三人で共同して頑張りましょうよ、近藤さんの奥さまはあのとおり気が弱いうえに、ものごとがよく理解できない方のようですから、わたしたちで引張って行きましょうよ、お互い同じ立場として最後まで仲よくして、会社側が妙な手段をとったら共同戦線を張りましょうよ、と眼鏡をきらきらと光らせながら言うのだった。

慶子は、こんな際に早くもそのようなことを提案する安子にまたびっくりした。だが、考えてみるとそういう事態は空想でなく現実性の強い予想になっていた。安子の言葉は、ただ会社側の待遇問題ではなく、今後は強い共同体で結合しようという友情のあらわれと思われた。

ケネディ空港には支店長と社員二人が出迎えていた。慶子は逸早《いちはや》く支店の三人の様子を見たが、いずれも硬直した顔をしていた。重態でも夫らに生命あるかぎりは彼らは無理にでも明るい顔をつくるはずであった。予感したとおり、また河上安子が予測したとおりのことが的中したと思った。

空港からすぐに夫たちが入院している病院に直行したいと三人の妻は支店長に申し出た。経過はどんなぐあいかと訊いたのはもちろんである。髪のうすい、額のひろい四十半ばの支店長は、あきらかに困惑と狼狽《ろうばい》を見せ、とにかくひとまず支店で休んでくれと言った。何を質問しても答えなかった。支店は二番街《セコンド・アヴェニュー》第四十三通り《ストリート》のビルの四階にあった。このへんはビジネス街である。オフィスの支店員たちも日本人女子従業員も三人の妻が室内を通るのを顔をうつむけて迎えた。角の支店長室に招じられた彼女らは、出された抹茶を喫《の》んだあと、徐《おもむ》ろに椅子《いす》から立上った支店長に深々と頭を低《さ》げられた。それが三人の夫の死を荘重に告げる前の支店長の儀礼であった。

交通事故というのは、とりあえず本社を通じてお知らせしたのであって、実はそうではないと支店長は苦しげに言った。妻たちはぎょっとして支店長を見つめた。

冷房はきいていたが、支店長の額には汗が滲《にじ》み出ていた。彼は眉《まゆ》の間にも口の横にも皺《しわ》をくしゃくしゃに寄せて、ほんとうの事情は黒人との間に悶着《もんちゃく》がおこり、喧嘩《けんか》になって案内役の支店員大槻隆二を含めた四人が黒人らに強《した》かに殴打《おうだ》された。頭部の内出血のために四人は仆《たお》れたが、通行人の報《しら》せで警察のパトカーが駆けつけたときは直井祐介、近藤志摩夫、河上正志の三人はすでに死亡し、大槻だけが虫の息で病院に運ばれた、と支店長は述べた。

その場所はどこですか、と河上安子が顔を挙げ、眼鏡ごしに支店長を睨《にら》みつけるようにして訊《き》いた。ニューヨークの街頭は物騒だと聞いた話が妻たちの頭にあった。

それは街頭ではなかった。レキシントン街の或《あ》るホテルの中、時刻は夜の十一時半ごろだったと支店長は答えた。この通りは五番街とアメリカ街とに並行しており、第三十四通りでアメリカ街と斜めに交叉《こうさ》するブロードウェイにも近い。なぜそんなホテルに深夜四人で行ったのかという安子の質問に支店長は、展示会の打ちあげに四人がどこかで飲み、若い人だから酒の勢いでそのホテルへ流れて行ったのだと言った。そう聞くと妻らにもそのホテルの性質が察しられてきた。三人は顔を見合せて言いようのない表情になった。支店長はそこまで明かしたのだからという顔でもう少し詳しい事情を語った。

夜の女が屯《たむろ》するその小さなホテルに案内したのは、やはり土地の事情に通じた大槻隆二であった。ロビーのテーブルで女たちとの交渉が行われ、そこで料金がきまった。四人がそれぞれの女と個室に入ろうとした時に、紛争が起った。女たちが料金の二倍にあたる金の上乗せを要求したのである。さっき決めた額はテーブル・チャージであり、ベッドで寝る料金は別だというのだった。

約束が違うと四人の一人のだれかが怒って大声をあげた。するとあとの三人が、そうだ、そうだ、約束が違う、いまになってそんな金を要求するのはインチキだ、詐欺《さぎ》だ、さっき払った金をすぐに返せ、と怒鳴りだした。日本人客四人は騒いだ。そこへ黒人二人が現われた。ボクサー上りともみえる牡牛《おうし》のような体格だった。四人はこの二人の用心棒にさんざん殴られた。鋼鉄のような腕であった。意識を失って倒れた四人は、ボロ布《ぎれ》のように道路へ投げ棄《す》てられた。そこへ通りかかった者が警察に急報した。以上は、生命をとりとめた大槻の話ということであった。

絹江がテーブルに伏せた。慶子と安子とがそれにつづいた。

三時間後、妻三人と、その夫の遺体との対面は公立病院で行なわれた。大通りに面した近代的な明るいその建物の玄関横にはたしかに PUBLIC HOSPITAL の名が立体的な彫り文字でならんでいたが、これは変死体だけを解剖のために入れるいわゆる死体収容所《モルグ》であった。

妻たちは死体を入れた抽出《ひきだ》しが無数にならぶ「貯蔵室」に案内されたのではなく、大きなガラス窓のある一室に一人ずつ入れられた。死体確認のための対面はそのガラスごしにおこなわれた。解剖のすんだ夫は、柩《ひつぎ》の中に化粧されたようにきれいな顔で横たわっていた。慶子は動かぬガラスを掻《か》きむしって号泣した。——

餅花《もちばな》を持った弘吉と慶子とは二日の午後、小田原駅から新幹線の〝こだま〟の指定席に乗った。この切符も弘吉が一週間前に東京駅で買っておいたものである。

列車は満席だった。自由席などはたいそうな混みようであった。ビュッフェの様子を見に行ったが、いっぱいで寄りつけなかった。

この指定席車輛《しゃりよう》の後部に、ジャンパー姿のアメリカ人の男女が六、七人乗っていたが、罐ビールをしたたかに飲んで酔っていた。大阪か京都あたりから乗ったらしく、座席の下に空罐をおびただしく散乱させていた。相当な泥酔で、大声で喚《わめ》き合い、歌を唄《うた》い、踊りまわるという傍若無人さだった。図体の大きい連中ばかりなので、正月着の多い日本人の乗客はとりあわないように静かにしていた。あまりの騒ぎに、迷惑に耐えかねた乗客が車掌を呼びに行き、車掌は警乗の公安官二人を連れてきた。ひときわ丈の高い、黄色い髭《ひげ》を生やした男が通路に仁王立ちとなって公安官に早口でしゃべり出した。英語のわからぬ公安官二人は当惑していた。横の両側の座席から彼の仲間が哄笑《こうしよう》しながら応援していた。

弘吉は座席に坐って前部をのぞいた。そこには別な外国人がひとりでひろげた新聞に読み耽《ふけ》っていた。

外人さんもひとりだとおとなしいが、やっぱり衆をたのむとあんな大騒ぎをするんだな、と弘吉が慶子に分別臭い口調で言った。

慶子はどきりとした。弘吉は前夫の死の事情を知っていないのである。

十年前、ニューヨークへ行った夫たちの行為がそうだった。あれもまた「日本人が衆をたのんだ」行動だったとしかいいようがない。祐介であれ、近藤であれ、河上であれ、また大槻にしても一人だとおとなしくそのホテルから出てきたにちがいなかった。たとえ酔っていたにしても。四人いっしょだったのが不幸であった。

死体収容所では解剖医が別室に妻たち一人一人を呼んで懇切に解剖所見を説明した。この場合、同じ犠牲者の妻である安子がけなげに通訳した。金槌《かなづち》で殴ったように頭骨に陥没があったと言った。

アメリカには火葬がない。三人の商社員の柩はその妻と支店長など幹部に見まもられながらクイーンズ地区にあるカルバリー共同墓地に埋められた。遺骨のかわりに髪の毛の一部と爪《つめ》とが帰国する妻たちの胸に抱かれた。

東京行の機の中は三人の妻にとって見えない修羅場であり、地獄であった。いさかいは前夜のニューヨークでの最後のホテルからはじまっていた。

攻撃の火ぶたを切ったのは河上安子で、まず近藤絹江に向けられた。あんたの主人がわたしの夫を誘って、あんなきたならしい場所に連れこんだからこんな不幸になったのだ。日本に帰っても世間に言いようがない。第一、恥ずかしくて夫の商社の人たちに顔むけができない。それにこんな死にざまでは、会社に社葬にしてもらうことはおろか、特別支給ももらえない。普通年限計算の退職金がせいぜいだ、これからどうしてやってゆけばいいのか、すべての責任はあなたの主人にある、と非難した。安子がそのように言うのは、絹江の前身がバアのホステスで、したがってその夫の志摩夫が蕩児《とうじ》であるという論法からだった。

絹江の反撃は、これはと思われるくらいすさまじかった。往路の機内でめそめそとしていた女が、眼を吊上《つりあ》げ、髪をふり乱さんばかりにして安子に噛《か》みついた。わたしがバアにつとめたことがあるからといって莫迦《ばか》にしないでもらいたい。わたしの夫は気のやさしい人で品行方正だった。そんな悪所に足を入れたことは一度だってなかった。夫から聞いたことだが、おたくの主人こそ女好きで、あちこちで浮気をしていた。どこそこでは女が安く買えて、遊ぶにも面白いから行こう行こうと誘っていた。夫はそのつど困っていた。だからこんどのニューヨークでの娼婦宿《しょうふやど》行もおたくの主人に夫が誘われたのにきまっている、恨みたいのはわたしのほうだ、すこしばかりいい学校を出たからといってそれを鼻にかけないでもらいたいね、主人の素行も監督できない女が何を言うか、と罵《ののし》った。その言葉は伝法だった。

河上安子は蒼褪《あおざ》め、声を慄《ふる》わせて言い返した。見かねた慶子が仲に入ると、安子はこんどは慶子に鉾先《ほこさき》をむけ、あなたの主人は大酒飲みということだった、酔った勢いで近藤さんといっしょになって主人を誘い、大槻さんに案内させてあんなホテルへ行ったにちがいない、と言いだした。

慶子が嚇《かつ》となって言い返すと、こんどは絹江がまた安子を罵倒《ばとう》し、ついで慶子にも牙《きば》をむいた。安子のいま言った言葉を絹江が信用し、直井と河上とがいっしょになって近藤を誘惑したと思いこんだのである。慶子と絹江との口争いとなり、新しい未亡人たち三つ巴《どもえ》の罵り合いとなった。

ニューヨーク行の機内と東京行の機内とでは三人にとって天地の違いであった。日本まで十七時間という長い間、ひとところにかたまっている三人は、口もきかず、顔をそむけ合っていた。もはや往路で誓い合った共同体による友情の紐帯《ちゆうたい》は完全に崩れ去っていた。

両国の家に帰ったのが夕方だった。神棚の上に弘吉が餅花を飾りつけた。

羽田で別れていらい十年このかた河上安子にも近藤絹江にも遇《あ》うことはなかったが、箱根神社の境内で絹江を偶然に見かけた。絹江はあの白髪の男の愛人にでもなっているのだろうか。絹江の性質からしてありそうな境遇ではあった。

弘吉が神棚に燈明《とうみよう》をつけて、手を拍《う》っている。猪首《いくび》の、禿《は》げた後頭の上に箱根初詣《はつもう》での餅花が灯に華やかにかがやいていた。

再春

鳥見可寿子《かずこ》はペンネームで、本名は和子である。短大にいたころ校内の同人雑誌に出していた小品の筆名をそのまま使ったのだった。

二年前、彼女が中央の文学雑誌に出した小説が新人賞となり、つづいてその年の或《あ》る文学賞となった。その文学賞は相当な権威があったので、鳥見可寿子の名は土地で一躍有名となった。そこは中国地方第一の都市だった。

和子はこの市に生れ、やはりこの市に生れた鳥見敏雄と十年前に結婚した。夫は東京に本社がある広告代理店につとめていた。子供がないので、三年前から時間をみては小説を書いていたが、それはじぶんだけの愉《たの》しみであり、夫に言わせると「女房の玩具《おもちゃ》」だったし、土地の文学グループにすすんで入ることもなかった。

短大のときに歴史学の教授が市民のあいだにつくった郷土史会に和子は顔を出していたが、北原茂一郎というその教授が停年で退職したのちも彼女はときどき北原家に出入りして郷土史の話など聞いていた。彼女が小説を書き出す前からである。

この郷土史会は、大学や高校の教師、医師、弁護士、商店主、それに家庭裁判所の調停委員をしている婦人など中年の人たちが会員になっていて、しぜんと土地の文化人団体といった趣を持っていた。

一方の文学グループは、中央で中堅作家として活躍している有田玄吉がリーダー格だが、有田が東京在住のためにその友人や後輩たちが中心となっていた。同人雑誌「陽海文学」を出している。陽海は山陽の海の意である。このほうは若い層で構成され、職業も雑多だったが、有田はじぶんの小説や随筆などにこの「陽海文学」のことを宣伝をかねてたびたび書く。「陽海文学」は全国文学同人誌の雄であった。

その会員は近県の者まで参加していて百名以上にもなっていた。しかし、陽海文学会はその質的保持の理由から同人と一般会員とに分けられ、同人は五名ていどに制限し、これが運営にあたっていた。会員の原稿を「陽海文学」に掲載するかどうかの審査も五人の同人の合議にかけられる。東京に居る主宰者の有田は彼らに任せきりであった。この五人は有田がこの土地に住んでいたころの同級生であり文学青年仲間であった。だからみんな四十歳を超している。友情にあつい有田は、この五人を実名で小説や随筆によく登場させるので、その名前は東京の作家や編集者のあいだにもかなりゆきわたっていた。

陽海文学会と、北原前教授の郷土史会とは没交渉であった。一は文学青年のグループ、一は郷土史を調べている中年層の団体だから、交渉のないのは当然のようだが、中国地方第一の都市といってもせまい土地のこと、文化団体という近似性からそこに競争意識も生れ、相互の反撥《はんぱつ》もおこる。陽海文学会は、郷土史会を年輩者の道楽とし か見ず、もとよりそれをまともな歴史研究とは評価しなかった。

鳥見可寿子が文学賞をもらったとき、全国紙の片隅にこれが報道され、土地のテレビは彼女を映し、地方紙はインタビューの記事を掲げたのだが、陽海文学会はなんら言葉をかけてこなかった。これまで陽海文学会とはなんのかかわりももたない鳥見可寿子なる女が突然に中央の文学賞を獲得して、会の権威を傷つけられたような不愉快さもあったろうが、彼女が郷土史会の北原のもとに出入りしていることがわかって、それがかれらの反感を買ったようである。

受賞後、一年のあいだに同じ文芸誌に発表した和子の二つの作品はわりと好評であった。全国紙の文芸時評でも、また四つの文芸誌の批評欄でも、ほんの三、四行くらいだったが二作とも好意のある筆でふれられた。それでも陽海文学会からは彼女に接触がなかった。

和子は有名なこの文学グループのことをよく聞いていたが、その権威があまりに高すぎ、どうかすると中央の文芸誌よりも優位にあるように思われそうだった。離れた東京よりも、地元のほうに現実感が強い。自分の受賞にしたところで、一雑誌がつくった文学賞などたいしたものではなく、はたが騒ぐのがおかしい、その後の二作もくだらない作品だ、と陽海文学会の同人たちに言われているように思われた。

和子は、そのおもだった人のところへ挨拶《あいさつ》に行かなければと思わないでもなかったが、その伝手《つて》もなく、なんだか怕《こわ》そうだった。近づかないため、先方からますます生意気な女と見られそうだった。

しかし「女房の玩具」と和子をひやかしていた夫は、その文学賞の価値を人から聞かされ、その後の二作に対する文芸誌の好評から、しだいに和子への気持が変ってきた。

「次長とお茶を飲んでいるときに言われたんだがね、君の奥さんのことは本社でも話題になっている、この前、東京に支店長会議に行った支店長が聞いてきたというんだ。それでもし希望だったら、そのうちに機会をみてぼくを本社へ転勤させる運動をしてもいいと次長は言うんだよ」

そうなったら君も東京で文筆活動が活発にできるし、ぼくも本社勤務になれて東京に住める、と夫は眼をかがやかせて和子にいった。この土地に生れ、この土地の大学を出て、この土地の支店に勤め、いわゆる地元採用者として生涯この土地に閉じこもって終ると覚悟していた夫は、東京転勤の可能性が出たと思い、子供のようによろこんでいた。

「とんでもないわ。わたしにはそんな才能はないわ。わたしの小説程度でうっかりと東京へ出たらひどい目に遇《あ》うわ。悲惨な生活をするのがオチよ。そんな夢みたいなことはいわないでちょうだい」

和子は身震いして答えた。

「どうして？　ぼくが社につとめているから生活のほうは保証されているよ。東京の生活費が高くても、そのぶん切りつめてゆけばいい。本社の人たちだってみんな給料だけでやっていっているんだもの。君は生活費をかせぐためにつまらない仕事を引きうける必要はなく、いい文学作品を書くために専心うちこめるよ」

「だめだめ。そんな自信ないわ」

和子はいやいやするように激しく首を振った。

夫の気持もわからないではなかった。支店で採用した地元の社員はけっきょく下積みで終る。幹部は東京本社からくる。その赴任の出迎えや本社栄転の見送りに夫はいつも駅のホームに立たせられる。今日もホームで見送りの万歳をしてきたと夫は虚《むな》しい顔で和子にいった。われわれは万歳要員だと夫は自嘲《じちょう》した。

それがこんどは万歳と拍手の輪に送られて東京行の列車に乗りこむ身になるかもしれないのである。入社してからもう十五年になる。夫は本社勤務とテレビなどで見る東京の生活に憧《あこが》れていた。次長の話から和子の気持しだいで充分に実現の見込みがあると弾んだ声で言うのだった。彼は一生一度のチャンスだと思っているようだった。

だが、和子は夫の言葉に従う気にはなれなかった。本社で自分のことが話題になっているといっても、どこまで真剣なのかはわからない。第一、地もとの「陽海文学」がなんら作品にふれないではないか。その冷淡な態度には多少の事情《わけ》があるにしても、文学をあらゆる世界観の上に絶対的に置いている人たちだから、作品さえよければ私心を捨てて評価してくれるだけの純粋性はあると思う。それがないのは、作品がそこまで達してないからである。たとえ本社の人たちが、地方支店社員の女房が小説を書いていてちょっと評判をとっている、といった軽い好奇心で夫の本社転勤を考えたとしても、それはしょせん素人《しろうと》考えであり、うかうかと東京に出てからの困難を思うとそれまでの好奇心が逆に嘲笑に変りそうで、そらおそろしくなる。月々の文芸雑誌で活躍している既成女流作家の足もとにも寄れそうになかった。

自分はこのままでいい。いまの雑誌が載せてくれるのだったら、ときどき原稿を書こうと思った。

けれども、そのうちに和子に希望を湧《わ》かせる状況が生れてきた。

受賞後三作目にあたる小説を同じ雑誌の編集部に送ったところ、これまでのどの作品よりも出来がよい、この脂《あぶら》の乗りかかった機をのがさず、つづいて次作をなるべく早く書いてほしいという編集長からの手紙がきた。じっさいその三作目が掲載されると、その月の文芸時評では前作よりは多くふれられていた。

すると、他の文芸誌の二誌から原稿の依頼がきた。《小誌のために御力作を是非賜りたく》枚数は五十枚から百枚まで、締切はこの日までと指定してあった。

いままでは賞をもらった雑誌だけからの註文《ちゆうもん》だったが、こんどはその競争誌ともいえる二誌から同時に原稿依頼があったのだ。和子は、はじめて自分が公然と認められて中央文壇に出たような心地になった。希望といっしょに勇気が湧いてきた。「陽海文学」は相変らず彼女を無視したが、もう前ほどにそれが気にならなくなっていた。

なによりも夫がよろこんだ。彼は、新聞の文芸時評の切抜きと文芸誌からの原稿依頼状とを次長に見せ、それとなしに東京本社転勤の運動をはじめた。

「次長の話では、支店長もぼくの転勤を本社へ打診してみると言っていたそうだよ。ただし、これは極秘の話でね、事前に洩《も》れるとほかの社員らがやっかんで妨害されるおそれがあるから、あくまでも内緒にということだった。つまり、それだけ転勤の確実性があるというわけだな」

東京へ移ったら、君の文筆活動のためにぼくは犠牲になってもいい、君は夜おそくまで仕事をするだろうから朝は寝ていてくれ、ぼくが朝飯も昼飯もつくっておいて出社する、夕食のおかずは社の帰りにデパートの食料品売場か市場などに寄って買って帰る、家の掃除もする、洗濯もする、君は何もしないで机の前に坐《すわ》っていてくれていい、と夫は近い将来とみえる計画を浮いた口調でしゃべった。

和子もなんとなくそれに似た生活が訪れてきそうな予想を抱くようになった。

文芸雑誌三誌からほとんど同時に原稿の依頼があって、和子の心はたかぶった。買いものに出るいつもの街の景色も、知り合いの人の顔も急に変って見えた。もうこの街もそう長くは通ることもなさそうに思えてきた。

三誌のうち、賞をくれた雑誌には恩もあり、自分を育ててくれるつもりの編集長への義理があったが、やはりR誌に先に原稿を書こうと考えた。中央の文芸誌のうちではR誌が伝統もふるく、権威あるものとされていた。新人にとっては檜舞台《ひのきぶたい》にひとしい。既成作家もこのR誌にはひとしお力を入れ、批評家もR誌に載った新人の作品にはとくに注目しているようであった。

しかし、和子には書くべき題材がまだ何もなかった。前から考えていたものが多少ないではなかったが、とうていR誌に出せるような内容ではなかった。もっといいものを、もっと力をこめて書けるような題材を考えねばと思ったが、急にそれが得られるものでもなかった。R誌に出すという緊張感が心を圧迫しているのは争えなかったが、それだけではなく、だいいち書くものがないのだ。

和子はR誌の編集部にいまは原稿が書けそうにないから指定の期日より三カ月先まで待っていただきたいという手紙を書こうかと思った。しかし、その場合の不安がさきに立った。その手紙を読んだ編集部に、他誌の賞をもらったばかりの新人がもう原稿締切の延期を通知してくるとは生意気だと思われはしないだろうか。またはこの新人は自信がないから締切を先に延ばしてくれといってきたにちがいないが、ほんとうは才能がないのではないか。先方にそうとられはしないだろうか。あるいは賞を出した文芸誌に遠慮してこんなことをいってきたと見られはしないだろうか。いずれにしてもその手紙で原稿依頼を取り消されそうな心配が和子に生じてきた。

編集部の指定した締切日まであと三十五日しかなかった。八十枚ぐらいの原稿になるとして、それを書くだけでも二十日間くらいはかかる。題材さえきまっていれば書く時間はそれで充分だが、何もない今から題材を考え出そうというのだから、三十五日では足りなかった。執筆に要する二十日間を除外した十五日のあいだに果してテーマが浮び、その構想が練られるだろうか。せっかくの機会をのがしたくない。いまこれを逸したら、再びそれがくるかどうかわからないのだ。編集部の指定する締切日は絶対に守らねばならなかった。一日一日とむなしく経《た》つにつれ和子はあせってきた。焦燥ばかりが先にすすんで、思案はまったく立たなかった。夫を送り出したあと、彼女は題材を求めて街を一日じゅう彷徨《ほうこう》した。耳から血が出るような想《おも》いであった。

そのとき、和子がふいと思いついたのは家庭裁判所の調停委員をしている川添菊子のことであった。

川添菊子は郷土史会の会員である。主人は婿養子《むこようし》で、菊子の父親が経営している土建会社に勤めている。父親は若いときこの土建業を興《おこ》して成功し、財を成し、市会議長をつとめたことがある。菊子はその長女であった。娘ばかりの家である。

菊子は五十前で、よく肥《ふと》っている。が、才気煥発《かんぱつ》型で、短歌の結社をつくっている。これは中央歌壇の主流にある結社の流れであり、菊子はその中央の幹部委員でもあり、支部長でもあった。彼女の短歌そのものの評価よりも、この地方での組織力を買われたのだという噂《うわさ》であった。聡明《そうめい》なので土地の新聞社が主催する文化的事業や催しものにはかならず代表委員に挙げられ、新聞にはよく彼女の意見談話などが出る。家裁の家事調停委員にもうってつけの著名夫人であった。

和子が、前もって電話で都合を訊《き》き、川添菊子の大きな邸宅を訪ねたのは、雑誌に受賞後の第一作が出てから間もなく郷土史会の会長北原氏の家に行ったとき、そこではじめて菊子に遇い、その後も彼女と二、三度短い話をした因縁による。たとえば北原氏宅での初対面で菊子はこう言った。

「あなたが文学賞を獲得なさったのは、陽海文学に加入なさってないからだと思いますわ」

まるまると肥った川添菊子は、上品な言葉をきれいな声で言った。その顔は童女のように可愛ゆく、しかも、小皺《こじわ》がまわりにあったけれど、厚ぼったい二重瞼《ふたえまぶた》にはうっすらと紅《あか》みが射《さ》して艶《あで》やかでさえあった。

「陽海文学も、そう言っちゃなんですけれど、有田さんの威光で保《も》っているようなものですわ。同人の人たちは有田さんが若いときからの友だちなので威張ってらっしゃいますけど、ほんとうは才能のないお側衆《そばしゅう》的存在ですわ。わたしもあの人たちとはつき合っていますから、こんなこと言いたかありませんけど、あの人たちがつまらない文学論をぶって上から若い人を抑えています。だから、いつまで経っても陽海文学からは有望な新人が育ちませんもの。陽海文学には自意識ばかり強くて、なんだか瘴癘《しょうれい》の気がみなぎっているようです。あなたはその空気に当てられなかったから、文学賞をお取りになれたのですわ。受賞作も、こんどの次作も拝見しましたけど、みずみずしいお作品でけっこうでしたわ。陽海文学からは生れない小説だと思いますの」

和子は、菊子夫人の歯にきぬきせぬ言いかたにびっくりした。じぶんの作品をほめられたのはうれしかったが、陽海文学会をこんなに手きびしく批判していいものだろうかと思った。しかも、それがあどけない口調なのである。

菊子夫人は自身もつき合っているというのに陽海文学の人たちに反感に近いものを持っているのだろうか。傍で聞いている北原前教授は何も言わなかったが、その眼が夫人の言葉を肯定していた。それを見ると、和子はなんとなく経緯《いきさつ》が理解できた。文化人団体という近似性が、郷土史会と陽海文学会とを暗々裡《あんあんり》に反目させているようであった。夫人は、大人の組織である郷土史会に近づいていた。

ただ、川添菊子は著名夫人にありがちな社交性のゆたかなひとなので、陽海文学の同人たちとも上手に交際しているのであろう。大きいといっても地方都市のことで、仲違《なかたが》いの状態を露骨にほかの人に見せることはできなかった。文化人として、何かの会合の席に両者がいっしょになることも多いのである。

五十近いというのに、川添菊子は若々しい髪型と派手な服装をしていた。が、それは彼女の童女めいた顔によく似合い、また土地の名流夫人としての教養といったものをかえって引き立たせていた。

和子はその後も川添菊子に遇うたびにやさしく激励された。第二作も第三作もていねいに読んでくれていて、好意ある感想を言ってくれた。

「いつでもわたしの家にお遊びにいらっしゃい。小説のヒントになるようなお話をしてさし上げられるかもしれませんわよ」

和子が菊子夫人を訪ねて行く気になったのは、この言葉を想い出したからだった。

調停委員が家裁でおもに扱うのは離婚沙汰《ざた》であった。そこには夫婦の紛争から、男と女の相剋《そうこく》、愛欲の葛藤《かっとう》が浮彫りされ、人生の断面が露出しているはずである。そこに小説の題材が得られそうであった。菊子夫人が、小説のヒントになるような話がしてあげられると言ったのは、そういう意味だと和子は解した。夫人は自分に好意を持ってくれている。

「そうね。家裁の話はちょっと困りますわね」

川添菊子は広々とした応接間の深いクッションに坐って微《かす》かに眉根《まゆね》を寄せた。和子の頼みを聞いたあとである。

「家裁の調停委員は公務員と同じように職務上知り得た秘密事項を第三者に話してはいけないことになっています。それに、問題が個人のプライバシーに関することでしょう、よけいに他人に洩らしてはなりませんの」

和子は顔を正面から打たれたような気がした。

聞いてみるとそのとおりであった。菊子夫人の好意を勝手に解釈した自分の甘えが恥ずかしくなった。それというのも、家裁の調停委員という夫人の職務に眼が向きすぎたからだった。たしかに夫人は小説のヒントになる話をしてあげられるかもしれないとは言ったが、家裁の話とは言わなかった。題材を求める焦慮《あせり》のあまりにカン違いを起したのだった。和子は赧《あか》くなって詫《わ》びた。

「そうね。家裁以外の話だったら二、三日じゅうに考えてみますわ。わたくしも人とのつき合いが広いほうですから、何か話を想い出すかもしれませんわ」

三日の後、菊子夫人から和子に電話がかかって、この前のことで来てほしいと言われた。

同じ応接間に和子は通され、きれいな菓子や果物などが出され、前日よりは丁重なもてなしであった。夫人が彼女を待っていてくれたことが、夫人の様子からもわかった。

「思い出した話がありますの。こんな話があなたの小説のヒントになるかどうかわかりませんが、いちおうお話ししてみますわ。去年亡《な》くなったわたくしの友だちのことなんですけれど」

川添菊子の顎《あご》のくくれた、まるい顔には純真な親切が溢《あふ》れていた。やはりその童女のような舌だるさで、そして好意あるほほ笑みを絶やさずに話した。

「その人はわたくしより四つ年上の未亡人でした。ご主人を十年前に亡くしましてね。もう三十年ぐらいの交際《つきあい》なんです。親友でしたわ。どんなことでもうちあけられる仲でしたの。そのひとはもともと気性のしっかりした方ですが、六年ぐらい前からますますしっかりしてきて、中性みたいな感じになってこられましたの。あるとき、わたくしがその傾向を指摘しますと、彼女は、じつは月のものがあがってしまったと言うんです。そのひと、四十七歳のときでしたわ。もう女ではなくなったと寂しく笑っていました。男のお子さん一人でしたが、それはすでに結婚させて別居していました。これからはあなたはなんでも自由にできるからいいじゃないのとわたくしは励ましていましたが。

それから三年ぐらい経ったでしょうか、彼女がわたくしのところへひどくうれしそうな顔でやってきて、先日、月のものが急にあったと言うんです。ほんとう？　とわたくしもおどろきました。自分でも思いがけなかったけれど、ほんとうにあれがあったというんです。それも若いときのように四日も五日もつづいてね。もうすっかり女でない気でいたのに、とてもうれしいと言うんですの。さばさばとした気性なのに、そのときばかりは急に女らしい羞恥《しゆうち》を見せたりして可愛いんです。おめでとう、あなたには青春がもういちど帰ってきたんだわ、と言うと、祝ってちょうだい、と彼女は叫ぶんです。いいわよ、お祝いするわよ、とその晩、二人でレストランに祝杯を挙げに行きましたわ。彼女はもう浮々してしまって、じっとしていられないんです。うれしい、うれしい、わたしに再度の春が来たといってね。これからはすすんで恋愛をするというんです。この年だから若い人は相手にしてくれないだろうから、すてきな中年の男性を誘惑してやるんだなんて言ってね、大はしゃぎなんです。あのときの様子がまだ眼にありありと残っていますわ……」

鳥見可寿子はR誌に「再春」という題の小説を発表した。書き出しはこうだった。

《秋日和《あきびより》が一週間ばかりつづいた日、海瀬良子の家に友だちの新原田恵子が遊びにきた。庭から入ってきて、陽が温《ぬく》めている縁側に腰かけ、玻璃《はり》版の古筆を手本に手習いしている良子の筆つきを黙って眺めていた。その様子がなんとなく元気なかった。撫《な》で肩が一層落ちているようにみえた。

欧陽詢《おうようじゅん》の九成宮醴泉銘《きゅうせいきゅうれいせんのめい》を見い見いして楷書《かいしょ》を練習している良子にむかって横から田恵子は、ねえ、ちょっと、と低い声で呼んだ。

「ねえ、あんた、まだあれがあるの?」

田恵子のかそかな口の臭《にお》いが良子の鼻に漂ってきた。ほとんどささやきだった。

「あるわよ。どうして?」

どうして、と訊いた瞬間に、良子はその意味が解けて、改めて田恵子を見た。きれいで、皺の少ない、白い顔であった。

「わたし、あがったらしいわ」

「ほんとう? 違うんじゃない? いつからないの?」

田恵子は三月《みつき》前からそれがないといった。その微笑の中に狼狽《ろうばい》がひそんでいた。

「もう、そうかしら? 五十をすぎないとこないはずだけどね」

「早い人だと四十四、五ぐらいからそうなるんですってよ」

その四十五歳の田恵子はかなしそうに反駁《はんばく》した。そうしてしばらくぼんやりしていた。眼を隣家の庭に燃える葉鶏頭の先に遣《や》っている。強烈な紅い色を摂取したそうにみえた。自分の意志でないことがいま身体《からだ》に起っている。女にとって死と同じように一方的で暴戻《ぼうれい》な支配であった。田恵子は縁側に片手を突いていたが、まるでずり下って行く意識をそれで支えているようだった。早くも老いが匍《は》い上ってきて彼女の身体ぜんたいに蔓延《まんえん》しているようであった。

「大丈夫よ。わたしだってもうすぐよ。ばかね。しょげたりしちゃって」

すると、田恵子は口の中に呑《の》みこむような笑いかたをした。気を変えたのではなく、心ではまだ足掻《あが》いているに違いなかった。——》

八十枚だが、そのまん中あたりになると、良子の夫が田恵子に再婚の話があるが、と持ちこんでくる。良子は田恵子の月のものが上ったことを夫には言わずに、ひとりで考えている。

《一日置いて田恵子が遊びにきた。良子はそれとなく彼女を観察した。相変らず甘さがその身ぶりにまつわっていたが、それも前よりはよほど落ちついていた。顔から脂気《あぶらけ》がとれ、あっさりとした感じであった。着物まで沈んだ色のものに替えている。普通の年齢よりは早く更年期を迎えた女は、こうしてそれに適合させ、しだいに淡泊になってゆくようであった。

「田恵子さん。あなたに、とてもいいお話があるのよ」

良子は、夫が持って帰った再婚話の概略を取り次いだ。熱心になることはなかった。田恵子が断わるにきまっていた。

田恵子は聴いて頬をかすかに赧らめた。照れるのがこの人の身上である。しかし眼つきは熱心になり、瞳《ひとみ》に光さえ帯びてきた。

「考えてみるわ」

田恵子は言った。その瞬間、粘液のようなものが彼女の淡泊な皮膚に光ったように見えた。良子は思いがけないものにつき当って悄然《きょうぜん》とした。

「それみろ」

帰ってきた夫は良子の話を聞いて言った。

「田恵子さんとお前とでは立場が違うといったろう。向うは未亡人だからな」

夫の言い方に反論はあったが、口には出せなかった。

「五十近くなっても、そんな気持が起るものかしら。独身《ひとり》のほうがよっぽど呑気《のんき》でいいと思うんだけど」

良子は、田恵子からうちあけられた老いの兆《きざし》のことを考えていた。しかし、想像と実際とは違うようだった。

「そりゃそうさ。六十になっても後妻にゆくひともあるからね。お前さんも独りになったらそれがわかるだろうな」

「おお、まっぴらだわ」

良子は言下にいった。それからすぐに、

「いやらしいわ」

と呟《つぶや》いた。この場に居ない田恵子に投げつけたのである。――》

小説はすすむ。田恵子は再婚して九州へ行く。その生活が描かれる。

《三カ月ばかり経《た》って、田恵子は九州から里帰りした。良子の家にきたとき、田恵子はすぐに身体を曲げて笑いころげた。仕合せに満ちた顔には疲労の色がみえた。幸福の結果にはちがいなかった。あまりにも多い愉《たの》しみの末か、田恵子は蒼《あお》白《じろ》い顔をしていた。

「ねえ」

田恵子は昔どおりの甘えかかった口調で呼びかけ、良子の傍に躙《にじ》り寄ってきた。

「ご心配かけたけどね、あれ、あったのよ」

良子はすぐに意味をとりかねたが、それがわかると、田恵子の顔を瞬《まばた》きもしないで見つめた。

「ほんとう?」

ええ、と田恵子は全身を動かすようにして大きくうなずいた。

奇蹟《きせき》が起ったのだ。田恵子の精神的な昂揚《こうよう》がついに身体の生理を捻《ね》じ伏せたのである。進む老廃の浸蝕《しんしょく》を喰いとめたばかりか、再びの春まで押し戻した。田恵子がたえず笑いころげるのも無理はなかった。

「そう。よかったわ。お祝いものね」

良子はまだ田恵子から眼を放さないで、呼吸《いき》を肺の奥まで引き入れた。

「ありがとう。これから、とてもうまくゆきそうよ」

希望が太陽の光のように放射する幸福な顔であった。

「子供が欲しいわ。この年齢《とし》になって嗤《わら》われるかもわかんないけど」

田恵子の陶酔には涯《はて》しがなかった。》

《それから半年ばかりの間、良子は九州の田恵子と何となく文通が絶えていた。彼女のことを想《おも》わないではなかったが、しぜんとそうなった。

一年を過ぎた或《あ》る日、とつぜん田恵子の夫から黒枠のハガキをもらった。

「愚妻田恵子儀、かねて療養中のところ薬石効無く、去る四月九日永眠仕《つかまつ》り候《そうろう》。茲《ここ》に故人生前の御交誼《こうぎ》を拝謝し……」

ハガキの余白には、田恵子は子宮内膜が癌《がん》に侵されて、手術するにも手おくれだった、と彼女の夫のペンで書いてあった。

良子は眼の前から急に光が凋《しぼ》み、あたりが夕暮のように見えてきた。

（あれ、あったのよ）

よろこびにはずんだ声が耳にこびりついている。青春に再びたち戻った兆《しるし》の出血ではなかったのだ。

良子は何度も文句を読み返した。無邪気な友を喪《うしな》ったかなしさが胸にしだいに迫ってきた。》

この作品がR誌に発表されたほぼ一カ月あと、思いがけない非難が「鳥見可寿子」を襲撃してきた。それはR誌以外の文芸誌の文芸時評だった。

《鳥見可寿子の「再春」を読んだ。言うべき言葉を知らない。これはトーマス・マンの有名な短篇「欺《あざむ》かれた女」のテーマをそのまま使っている。登場人物の名も文章もマンの小説とは違うにしても（もちろんトーマス・マンの文章が格段に上質であることはいうまでもない）、テーマをそっくり持ってきているのだから、実質的な盗用といわれても仕方があるまい。新人がまさかこんな大胆なことをするとは思わなかった。》

和子は仰天した。

この話は川添菊子から間違いなく聞いている。菊子の友だちだった女性の実話である。「再春」はその菊子の話に沿って書いたものだ。トーマス・マンの「欺かれた女」など、その存在すらも知っていなかった。

和子は本屋に歩いて行くのに膝頭《ひざがしら》の関節が脱けたようで、前に転びそうであった。買ってきたトーマス・マンの全集の一冊には短篇「欺かれた女」が収録されてあった。和子は心を戦《おのの》かして読んだ。ページを繰る指先が震え、活字を逐《お》うのに焦点がよく定まらなかった。

《今世紀の二十年代、ライン河畔のデュッセルドルフに、夫に死別してから十年以上になるロザーリエ・フォン・テュムラーという未亡人が、娘のアンナとエードゥアルトという息子と一緒に、派手ではないが不自由のない生活を送っていた。》

という書き出しである。

未亡人はロマンティックな空想に浸りがちな五十女である。娘とは姉妹のように親しげに話し合う若々しい気持の持主である。この未亡人が息子のもとに英語の家庭教師としてくるケン・キートンという二十四歳の明るいアメリカ青年に片想いをもったとしてもふしぎではない。未亡人はこの急に燃えあがってきた恋心を抑えつけようともしなかった。おそらくそれとはっきりしなかったのかもしれない。いずれにしても彼女はことさらにそれを秘めておこうと心を用いていなかったことは確かだった。それで娘のアンナにさとられて諭されるが、母親であるロザーリエのケンにたいする恋心は募る。

《それから一週間後、ある途方もないことが起った。それがアンナ・フォン・テュムラーを極度に驚かせ、感動させ、混乱させた。——なるほどアンナは母親のためにそれを悦《よろこ》んだのだが、しかしそれを幸福と見ていいか不幸と見ていいか、見当がつかないという意味で、それはアンナを混乱させた。午前十時、女中が、奥さまのお部屋へちょっと、と言ってきた。》

《「どうなすったの、ママ。ご病気？」

「いいえ、心配はいらないの、病気ではないのよ。……わたしたち女は時々そうしなければいけない場合があるでしょう」

「ママ！　というと、それ、どういう意味なの？」

ロザーリエは身体を起して、娘の頸《くび》に腕をまきつけて、娘を自分のほうへ引き寄せ、長椅子《ながいす》の端にかけさせて、頰と頰とがふれ合わんばかりに娘の耳許《みみもと》に口を寄せ、幸福そうに、早口に、ひと息で囁《ささや》いた。

「万歳、万歳、アンナ、あれなの。あんなに永いことと〓れていたと思ったら、あれになったの。一人前の、生命《いのち》のある女らしくよ。何という奇蹟でしょうね、アンナさん。何という奇蹟を自然は授けてくれたのかしらねえ。一念が叶《かな》ったのよ。ねえ、だってわたし、笑いなんかしなかった、信じていたんですもの。だから善良な自然がご褒美《ほうび》にまたあれを返してくれたんだわ。あれがとまったのは間違いだったということを証明してくれたの。そうして魂と肉体との間の調和を元のように作りあげてくれたの。……よろこんで頂戴《ちょうだい》、わたし、とっても幸福なんだから。これでまた女になれたのよ。また完全な人間になれたのよ、だからわたしの好きな若い男のひとと対等になって、もうそのひとの前で、自分は駄目だといって眼を伏せる必要はなくなったのよ。自然がわたしを打った、あの生命の小枝は、わたしの魂ばかりではなく、身体にも当って、この身体をまた水の流れる泉にしてくれたのよ。さ、接吻《せっぷん》して頂戴、お祝いを言って頂戴、わたしは仕合せなんだから。……》

アンナにロザーリエが自分の寝室で身体の上の変化を告げた日からひと月とは経っていないころ、ロザーリエと姉弟と家庭教師のケン・キートンとはデュッセルドルフの郊外にピクニックに行った。そこにある古城の暗い中で姉弟を撒《ま》いたロザーリエはケンに愛をうちあけて、若者のうなじに腕をまきつける。けれども、《フォン・テュムラー夫人はケン・キートンのところへは行かずじまいに終った。その日の夜、明け方近く、身体に大きな故障が起って、家中の者をびっくりさせたからである。最初それが戻ってきた時には夫人をあれほどにも誇りかにし幸福にしたところのもの、夫人が自然の奇蹟、感情の素晴らしい仕事として称《たた》えたところのものが、また夫人を訪れたのだが、しかし今度は有害なやり方でやってきた。》

大学病院に担《かつ》ぎこまれたテュムラー夫人を医者が診た。《患者の子宮は年齢に不釣合いなほど大きく、喇叭《らっぱ》管《かん》に沿って不規則な大きさの腫《は》れものがあり、卵巣《らんそう》はもう非常に小さくなっていたが、その代りには大きな腫《しゅ》瘍《よう》が認められた。搔爬《そうは》してみると癌細胞が出た。一部は卵巣から転移したものらしい。しかし他のものを見れば、目下子宮そのものの内部に非常な勢いで癌が進行中であることは疑いを容《い》れなかった。急速な癌形成のあらゆる怖《おそ》ろしい徴候が出ていた。》

手術台に患者を乗せ、いざ腹を開いてみると、癌はすべての骨盤内臓器に浸潤していたばかりではなく、腹膜にもきていて、淋巴腺《リンパせん》もすべてやられ、肝臓も侵されていた。

医者は手が下せずに、そのまま腹を閉じた。

《穏やかな臨終だった。ロザーリエを知るほどのひとすべてが、その死を悼《いた》んだ。》（高橋義孝訳）

——和子は動転した。「欺かれた女」と「再春」とは似てない点が多いが、根本となっているテーマはたしかに同じだった。「主題の盗用」と言われても仕方がなかった。それに、トーマス・マンの精緻《せいち》な癌症状の描写はどうだろう。まるで医師の臨床講義のように詳細ではないか。それにくらべ自分にはそこの描写がまったく欠けている。文芸時評が「もちろんトーマス・マンの文章が格段に上質であることはいうまでもない」というはずであった。

そのうち、和子は動揺の中から少しずつ疑惑が起ってきた。

川添菊子はマンの「欺かれた女」を読んでいたのではなかろうか、という疑いだった。それを友だちの話にすりかえて自分に話したのではあるまいか。なんのために？

鳥見可寿子がその話にもとづいて小説を書き、それを文芸誌に発表したとき、当然にやってくる「盗用」の非難を蒙《こうむ》らせるためにである。批評家も「欺かれた女」は「マンの有名な短篇」といっているのだ。

川添菊子は何を期待したのだろうか。

彼女はこの都市いちばんの著名夫人であった。全国で有名な短歌結社の支部長であり、彼女自身も結社をつくってその主宰者におさまっている。市の文化的な催しにはかならず上席に坐《すわ》り、新聞には意見を書いたり談話を述べたりする。数少ない家裁の家事調停委員であった。その築きあげた名声を、いまや中央文壇に出かかっている鳥見可寿子に脅やかされようとしている。年齢はずっと若いし、未来に大きな可能性があった。中央の女流作家と地方の女流名士とでは大きな格差がある。いまのうちにつまずかせておかなければ……。

いったんはこう考えたが、しかし、和子は頭を振った。いやいやそんなはずはない。あの童女のような、純真、あどけなさをもっている川添菊子にそのような邪心があるとは信じられない。菊子夫人はどこまでも自分に好意をもってくれていたのだ。題材に困っているのを察して癌で死んだ友だちの話をしてくれたのだ。世の中には「再春」の話も「欺かれた女」の話も実際には多いはずである。

そうだ、世の中に子宮癌という病気が存在するかぎり、これと同じ話はいっぱいあるはずである。とすればこれは事実である。人生の事実だ。自分はそれを書いた。たまたまそれを他の外国作家が先に書いていただけなのだ。盗用とは何ごとか。――和子はよっぽどその文芸時評家に抗議しようかと思った。

しかし、文芸時評家も文壇関係者もおそらく自分のその抗議は認めないだろう。判定の困難さというよりも、先に書いた作品のほうが勝ちなのである。そして世界的な文豪と地方在住の新人という絶対的な格差がある。――トーマス・マンを読んでいなかったのが自分の無知であり不幸であった。

これで中央の文壇に出ることも、夫の東京本社転勤も挫折《ざせつ》した。鳥見可寿子も永久に消えてしまう。――

和子は、夫が帰宅する前に、街へ人形を買いに出た。まるで家に子供が居るように。

遺墨

神田の某古書店から古本市の目録が出ている。二四〇ページの部厚さで、古書籍のほかに浮世絵などの版画や江戸期いらい現代までの書画も収録され、その一部はアート紙で五〇ページにわたる巻頭の写真版となっていて、豪華なものである。その中に「名家筆蹟《ひっせき》」という欄があり、画幅、書幅、草稿、書簡、色紙、短冊《たんざく》の類《たぐい》がある。専門画家や書家の筆のほか、政治家、軍人、宗教人、文士、評論家の書いたものが多い。もちろん物故者がほとんどである。

競売の目録ではないから各点ごとに値段がついている。この値段と筆者とをくらべて見るのは興味がある。画家や書家は別として、当時権勢ならびなかった政治家の書幅のほとんどは安い値である。軍人の書幅が軒なみに下落しているのは仕方がない。総じて値が高いのはいわゆる文化人の筆蹟だが、これにも微妙な差があって、たとえば生前に高く評価されていた文士のものが案外に値が低かったり、どちらかというとおおかたの批評家などに無視されがちだった不遇な人のに高い値がついているのは、いわゆる「棺を蓋《おお》いて事《こと》定まる」（生前の名誉や悪口はアテにならない）を、そのまま値段の数字にあらわしているようで興趣がある。

いま、その「名家筆蹟」の欄を追った人は「呼野信雄《よびののぶお》・風籟帖《ふうらいちょう》」というのが眼につくだろう。その説明が小さな活字で付いている。「博士が折々の感想を短文に記し、これに即興の水墨画を添えたもの。半紙半分大。肉筆。二十一枚を一帖《じょう》に仕立ててある。帙入《ちついり》」

呼野信雄は約十年前に六十七歳で死去した哲学者である。西洋哲学から東洋哲学を分析した著書が基本的な業績だが、若いインテリや学生層に人気を得たのは東洋美術に関する随筆である。そのそこはかとなく甘い憂愁を含んだ文章は、とくに女子学生や若い女性に迎えられ、当代の人気をあつめたものだった。出すたびに著書はかならず版を重ねた。

呼野信雄の墓は都心から遠くはなれた禅寺の境内にある。周囲は竹林で知られている。竹林から漉《す》ける神秘的なまでに蒼白《あおじろ》い月光の繊維は瞑想《めいそう》的な哲学者の墓にふさわしい。

しかし、その呼野博士の肉筆の随想集、しかも自画まで添えた珍重すべき本は、五〇ページにわたる古書目録の別刷写真版の中には見えない。

向井真佐子が呼野信雄と初めて会ったのは速記者としてであった。博士が五十八歳、真佐子が三十歳のときであった。ある出版社の対談に、所属する速記所から派遣されたのだが、その速記の取り方が正確だというので、以後呼野信雄の出る対談とか座談会とかには博士の希望としてかならず真佐子が指名された。

話の内容は性質上学術用語に近いものが多い。馴《な》れない速記者は、そこを間違えた文字で書いたり、理解できない箇所を空白のままにして校正の際に発言者に記入させるようにしている。そういう速記を呼野博士は不愉快がっていた。真佐子の正確な復原が呼野を喜ばしもし、彼女の入念な仕事ぶりが気に入りもした。

三度目くらいの座談会の席で真佐子が呼野に会ったとき、あなたはどこの大学で何を専攻していたの、ときかれた。真佐子は赧《あか》い顔になって高校だけです、と小さく答えた。呼野は温和な顔におどろきを見せ、よく勉強したものですね、と感心した声で言った。いいえ、勉強はしませんが、先生のご本が好きでよく拝見しているものですから、お話しなさることがわりと理解できます、と真佐子はいった。呼野は一瞬てれた表情になったが、うれしそうであった。

呼野にそう言われた真佐子は博士の著書をますます読むようになった。その本来の学問である哲学書のほうは理論や語彙《ごい》などが難解でついてゆけなかったが、東洋美術関係のはいわば教養書であり、文章も平明で引例もわかりやすかった。東洋美術はつまりは中国の上代美術であり、それが日本の飛鳥《あすか》・奈良文化に深くかかわってくる。思想的には仏教であり、それがまた降《くだ》っては「禅」の神秘哲学を説くことにもなる。

こういうといかにもかたくるしい本に聞えるが、呼野信雄の文章は平明というだけでなく、独特な情感が流れているのである。そこには哲学者の主知主義よりも文学者としての主情主義が前面に大きく出ていた。評者によっては、それをロマンティシズムの感情過多とか、婦女子むきのセンチメンタリズムの大げさな身ぶりだとかいって批判するけれど、その特徴がまた若い読者層をひろく獲得していることに間違いはない。

それに呼野信雄は謹厳な学者で知られていた。写真で見るその風貌《ふうぼう》は雪のような白髪をもち、眉《まゆ》うすく眼はやさしげに細まり、鼻筋が徹《とお》っていて、いくらかうすい口もとはおだやかに締っている。そこには西洋的な理智《りち》と東洋的な瞑想とが渾然《こんぜん》と融合し、礼儀正しい中に魅力的な強い主張がなされているように見えた。著者の写真も、とくに新聞広告などに使われる顔写真などは、その著書の傾向をムード的に反映するものとして、その日常的な人格と共に大切なのである。

呼野博士はまた東洋的瞑想の帰結として「孤独」の哲学を愛した。だから西行や芭蕉がしばしばその本に登場してくる。法隆寺や秋篠寺《あきしのでら》の美に注ぐ情熱的描写と同様に西行の世を遁《のが》れていかになりゆくわが身なるらむの旅、芭蕉の旅寝重ねる秋の暮れの境涯に深く立ち入ってゆくのである。このことも抒情性《じょじょう》を好む子女の気持をつかんだ理由であった。

真佐子は高校を出るとデパートにつとめるかたわら夜間に速記所に通って速記を習った。二十一のとき職場結婚をしたが夫に女ができて一年半で離婚した。それからは自活できるように一心に速記を勉強した。速記は長い練習と根気とを要するのだが、再婚を諦《あきら》めた彼女は生活をこれにかけた根性から早く一人前の腕となった。いまではその速記所でAクラスである。

呼野信雄の著書をよく読んでいると彼に言ったのは嘘《うそ》ではなかった。彼女もまた呼野の書く文章とその世界に魅せられていた。離婚後の孤独な心が、呼野著書に見る「孤独な魂」に惹《ひ》きつけられたのである。その東洋哲学的な瞑想、古代精神への憧憬《どうけい》、巡礼者にも似た宗教的な美への歴程、そうしてリリシズムゆたかな描写とその詩人的な情熱に蠱惑《こわく》された。彼の使用する語彙と用語、それは著者の好みなのだが、愛好者にとってはそれがいいようのない愛誦句《あいしょうく》となる。初めて呼野信雄の対談に呼ばれてその速記をとり、文章そのままといっていい呼野の発言を正確に文字に復原し得たのもそうした下地があったからだった。

呼野に指名されて真佐子は感激したが、その呼野が座談会などで出席者に、この女性はじつによく勉強していますよ、こういう速記者は近ごろ珍しいです、仕事がとても叮嚀《ていねい》です、などと吹聴《ふいちょう》されるのには身が縮んだ。博士にはそういう子供ぽいところがあった。

一年ぐらい経《た》って、ある出版社の主催で京都で呼野博士の講演会があった。その社では呼野信雄講演集の出版を企画していたから、博士の強い希望もあって速記者として向井真佐子に同行を依頼した。女速記者が泊りがけで地方に出張することは稀《まれ》にはあった。たいていは男の速記者だが、速記所にとって長い顧客であり、先方が確かな会社だと女速記者を出さないことはなかった。真佐子を指名したのは謹厳で聞える呼野博士であり、彼女とは三十歳近くも年齢が開いている。真佐子もしっかり者であった。所長は博士に危惧《きぐ》はないとみた。

京都のホテルの食堂で呼野信雄は真佐子に昼の食事を馳走《ちそう》してくれた。そのとき呼野は彼女の生活や収入を遠慮がちに訊《たず》ねて、さらに遠慮深げに自分の仕事を手伝ってもらえないだろうか、と言い出した。

博士はその理由を語った。自分もようやく老境に入って眼が悪くなった。いまの状態では執筆が困難である。しかし、自分は死ぬまでまだまだ書きたいことがいっぱいある。執筆ができないならば口述するしかない。その口述の速記をあなたにやってもらえるとたいへん助かる。ついてはいまの速記所からあなたをよぶのは先方の仕事の都合もあろうし、こちらとしても不便だから、いっそのこと速記所を退《や》めて自分の仕事に専従してもらえないだろうか。そうなると毎日わたしの自宅に来てもらうことになる。自宅での仕事は速記のほかに資料や書庫の整理もおねがいすることになる。これも近ごろ年齢をとって自分には辛《つら》くなってきた作業だが、こっちの手伝いもやってもらうとたいへんにありがたい。あなたを見込んでたっておねがいしたい。もし自分が口述もできない状態になっても、あなたほどの腕なら独立自営の速記者として充分に成り立ってゆける。その際、自分も学界や出版社に働きかけてなるべく多くの顧客を世話できると思う。さてそれは将来《さき》のこととしても、当面わたしの仕事を手伝ってもらえないか。いまあなたが速記所で得ている給料の一倍半を報酬として上げたいが、どうだろうか。そう博士は言った。

真佐子が呼野信雄の顔を見るに、なるほど疲労があらわに出ている。五十九歳といえばそれほどの年齢でもなく、むしろこれからの活躍というところだが、ながい間の頭脳労働の連続からか、博士の面貌にはじっさい以上の老化がすすんでいるようにみえる。がんらいが強健な身体《からだ》ではなかった。

しかもこの哲学者はまだ意欲の熾《さか》んなところを示している。眼が悪いためにその仕事が中断されるのはご本人にとってさだめし無念であろう。呼野信雄のファンにとっても残念である。わたしにその力があるなら、博士の手の代りになってあげたいと真佐子は思った。

わたくしにそんな重要なお仕事がつとまるでしょうか、と真佐子が自信なげに訊《き》くと、それはあなたの仕事ぶりを見ている自分のめがねにかなっていることだから大丈夫です、心配はいりません、不馴れなところはぼくが教えますよ、と博士は言った。真佐子は、しばらく考えさせてください、あまりに重大なことを突然言われて心の準備ができていないし、いままでお世話になった所長さんにも相談しなければなりませんので、と言ったが、心はもう決っていた。

呼野信雄の家は、まだ旧郊外の面影が残っている北区のはずれにあった。住宅地が押しよせている中で、江戸時代からの由緒《ゆいしょ》ある寺の広い寺域があってその武蔵野の叢《そう》林《りん》が閑寂を維持していた。その家は雑木林の小径《こみち》の奥にあり、博士好みの質素な日本建築だった。二階建ての母屋《おもや》が小さいのにくらべて隣り合った土蔵造りの書庫が大きかった。

真佐子が初めて呼野家を訪問した日、梅雨に入る前のうす曇りの空だったが、博士から夫人を紹介された。上背のある大柄な女だった。五十半ばくらいで、眼窩《がんか》がくぼみ、頰の骨が張っていた。くぼんだ眼をかくすように銀ぶちの眼鏡をかけ、白粉《おしろい》を真白に塗っていた。天候の加減で家の中がうす暗かったから、あるいは白粉が目立ちすぎたのかもしれない。夫人は陽気な声で、よろしくね、と挨拶《あいさつ》する真佐子に会釈《えしやく》したが、小娘でも見るように問題にもしていないふうだった。お手伝いさんは置かず、近くから四十女の派出家政婦が通いできていた。博士には二人の男の子と一人の娘とがあるが、いずれも結婚して他に家を持っていた。

真佐子が来たことを呼野信雄はたいそうよろこんでくれた。

彼女の仕事場は呼野の書斎と、その次の控えの間のような小さな部屋であった。書斎は十畳ぐらいの広さの日本間を洋式にしてあったが、三方の壁は窓を除いて天井の高さまでの書棚で塞《ふさ》がり、それに書籍がぎしぎしに詰めこまれ、入りきれない本は鶯《うぐいす》色の絨緞《じゆうたん》の上にいくつもの山になっていて、足の踏み場もないくらいだった。スタンドを置いた大きな机――これも本が両側に積まれていて、ものを書く場所はきわめてせばめられていたが、呼野はそこにひろげた資料などを見ながら肘《ひじ》かけ椅子《いす》に凭《よ》ってゆっくりと口述をはじめるのだった。

真佐子は、呼野の机の前からはなれたところに、夫人がとり出したこの家の次男が学生のころに使ったという古びた小さな机をもらい、そこで呼野の言葉を綴《と》じた半紙の上に鉛筆で横書きに速記していった。それが一時間くらいで一区ぎりつくと、真佐子は次の間に行って応接台の上で自分の速記文字を見ながら原稿用紙の上に漢字と仮名に復原してゆくのだった。時間的には復原が速記の三倍かかった。

普通の座談会や講演と違い、著書や雑誌の原稿となると呼野の口述は難儀であった。彼の言葉はしばしば途切れ、たびたび訂正され、次の文章を考える中断があった。そういうときの彼の顔は瞑想に耽《ふけ》るというよりも表現を生む苦悶《くもん》と焦燥に満ちていた。真佐子は速記の鉛筆の手を休めて待つのだが、そのあいだ呼野の苦しみを見るのがつらかった。活字で見る渋滞のない流麗な文章からは想像もつかないことだった。

真佐子が次の間で復原を終った原稿を持ってゆくと、呼野はそれまで本を調べたり、次の口述の資料つくりなどしていたが、さっそくその原稿を読みながら手を入れた。ほんのわずかな訂正だったが、手が入ると見違えるように文章が生々とするのであった。さすが専門家だと真佐子は感歎《かんたん》した。

仕事中は、夫人も家政婦もこの部屋には寄りつかなかった。真佐子ははじめ呼野の命令で家人が邪魔しないようにしていると思っていたのだが、それだけではなく、夫人がここに来ないのは夫の仕事に関心がうすいからだとわかるようになった。

職業とはいえ、真佐子は他人の家庭に入りこむのは初めてであった。その家の私事には眼を塞ごうとしても毎日のことだからいやおうなく眼に入り耳に伝わってくる。夫人は京都の商家の娘だったが、その父親が呼野信雄の学資を旧制高校から大学卒業まで、さらには大学院生から助手のころまで生活費を援助したということを真佐子はあとで呼野に聞いた。家内は子供がそのまま大人になったような女でね、と呼野は苦笑していたが、それは真佐子の眼に夫人の冷淡さが映っているのを弁解した言葉だった。

夫人は長唄《ながうた》の名取りとかで、家の中では稽古《けいこ》の三味線と唄とが聞えた。会があるといってはそのつど着物を替えては出て行った。夫人が夫の世話をあまりしていないのが真佐子にわかってくると、呼野はそれも察して、ぼくは家内に面倒をみられるのを好まないのだよ、研究の邪魔になるのでね、それに学生時代から自分のことは何でもやるのに馴れてるしね、といった。これも夫人のための弁護ともとれたが、そういうわが家の不体裁を弁解する言葉であった。

呼野は夫人が外出すると気持の余裕をとり戻したような表情になり、顔は明るく元気になった。そういうときは口述のほうもスムーズにすすんだ。彼はその合間には学問上の経歴などを気軽に話した。折々の感想も愉《たの》しそうに言った。真佐子には勉強になった。

しかし、ついてゆけないことが多い。呼野からは、ギリシア古典派の哲学から近代の実存哲学までをざっと教えられ、東洋思想では中国と日本の儒教、仏教などの概略を聞いた。東西の社会思想や文芸思想、美術思想もむろん話を聞いた。スコラ哲学だのカント学派の観念論だの古代社会思想だのラテン文学だの唯美《ゆいび》主義文学だの、いっぺんに聞いてはごちゃごちゃになって頭に入りきれなかった。博士は初心者むきの参考書の名を教えてくれ、真佐子が辞退してもその購入費をもくれた。真佐子は家に帰ってそれらを読んだ。プラトン、セネカ、ベンサム、サルトル、孔子、老子、顔元《がんげん》、空海、親鸞、白隠《はくいん》、世阿弥、西行、芭蕉、西鶴、宣長《のりなが》、徂徠《そらい》などの名が妖神《ようしん》の群れのように彼女の頭の中で乱舞跳梁《ちようりよう》した。彼女は偏頭痛に耐えた。呼野信雄の好意を無にしたくない一心からだったが、しょせん彼女には無理だった。それが口惜《くや》しかった。

勉強といえば、口述のない日、書庫の整頓《せいとん》や資料の整理などがそうだった。彼女はそこで書目の分類法を習ったが、それには書籍の内容を知らねばならず、呼野からその概略を教えられた。そういうときの呼野はいかにも心たのしそうだった。一人の愛《まな》弟子《でし》を養成するにもこうまでは行き届くまいと真佐子は感激した。そのようにして二人の間には愛情が生れはじめた。

最初に呼野の手が彼女の肩に置かれたのも、唇を合わせたのも書庫の中であった。夫人の外出中であった。派出家政婦の眼をぬすんだ。

息苦しくなって外で会うようになった。呼野が仙台に講演に行ったとき、真佐子はあとをこっそりと追って同じ宿に泊り、はじめて抱擁した。呼野家に行くようになって二年後である。離婚して十年も経っているうえに、熟《う》れすぎた彼女の身体は意志の制御を超えていた。六十一歳の呼野の肉体も壮年のように若返っていた。

東京の雑木林の見える家の「仕事場」に戻ってからは真佐子は桎梏《しっこく》に締めつけられるような思いだった。何も知らぬ夫人の顔を正視できなかった。呼野も落ちつかずぎこちない沈黙だった。彼の思索は混乱し、口述は進まなかった。彼は瞑想《めいそう》の眼を閉じるかわり、真佐子に熱い瞳《ひとみ》を当てた。荘重な革表紙の背に欧文の金文字が光ってならぶ学問的な書棚を背景に愛情の視線が交わされた。もうとどまることができなかった。家政婦を使いに出して書庫の土蔵に二人で入ることもあった。

真佐子は呼野の家に行くのをやめた。夫人に知られないためだった。彼女はアパートを移り、そこで呼野が紹介してくれた三、四の出版社の速記仕事をした。先生はわたしが居なくなってお仕事はどうなさるのですかと真佐子が気遣うと、眼のほうもすこし調子がいいからなんとか自分で書けるよ、と呼野は言った。眼薬をさしているのが痛ましい。呼野は週に一回くらい真佐子の家に夕方から忍んできた。

呼野は三十近くも違う自分の年齢を気にし、自分のような年寄りが相手では気の毒だとよくいった。そんなことがあるもんですか、わたしはほんとうに仕合せなんです、尊敬する先生にこんなに愛されて、いつ死んでもいいくらい幸福なんです、と泣いた。ありがとう、ぼくもこの年になってこんな仕合せがくるとは思わなかった、と呼野はいった。

地方講演や調査にかこつけて呼野は家を出ると、真佐子を伴って奈良や京都の古建築や古仏像を見て回った。昼間は彼の該博な知識に酔い、夜は愛情の波浪に漂った。

一年ほどして呼野は自宅で倒れた。急性の心臓発作だった。夫人は長唄の会で横浜に行っていた。家政婦が呼野の手真似《てまね》で彼の手帖《てちょう》を開き、真佐子のアパートに電話してきた。

真佐子はタクシーでかけつけた。家政婦が呼んだかかりつけの医者が来ていた。医者は救急車で病院にすぐに運ばなければならないと言い、電話で母校の大学病院に電話していた。ベッドが空いてなく、ほうぼうの病院につづけて電話で交渉していた。

そのあいだに呼野は真佐子を枕《まくら》もとに呼んで手を握り、苦しそうに途切れ途切れに言葉を吐いた。ありがとう、君のおかげでぼくの晩年はまことに仕合せだった、それなのに君には何もしてあげられなかった。せめてものお礼に上げたいものがあるといって、彼女にいいつけて机の抽出《ひきだ》しから帙《ちつ》に入れた一冊の本を出させた。表題には呼野の文字で「風籟帖《ふうらいちょう》」と書いてある。書籍ではなく画仙紙の画帖だった。この五年間、ときどきの感想を短文にして書き、墨絵を描いてある。いずれ別帖にも書いて君に上げるつもりだったが、この一帖だけになってしまって残念だが、これをぼくのお礼だと思ってとってほしいと言った。彼は死を覚悟していて、遺品として真佐子に与えるというよりもそれを金に代えて生活の資にしてくれという意向であった。

世評高かった呼野博士遺墨が二十一枚、すべて肉筆の文字と画である。この世では唯一《ゆいいつ》のものだ。かならず高価に売れるにちがいない。死に直面した呼野はかく信じ、あるいは遺産分けのつもりで真佐子にそう遺言したのであった。

——そのとき呼野信雄が息をひきとっていれば、信雄も真佐子もあとの醜悪な想《おも》いをすることはなかったであろう。しかし、彼は死ななかった。病院の手当てがよくて一命をとりとめたのだった。幸か不幸か博士は真佐子に早すぎた遺言をし、早すぎた遺品を与えてしまった。

もしあのときに呼野が死んでいたら、君のおかげでぼくの晩年はまことに仕合せだった、という彼の感謝の言葉を真佐子はいつまでも胸に抱きつづけられたであろう。そうして彼から日々教えられたこと、たとえば東西哲学思想の歴史概説だとか、文芸や美術思想の流れについての概念などが心豊かな扶植となったであろう。図書館の司書のような書籍の分類法、資料の整理保存法、索引の作製法、また原文の引用には疑問の字句があれば「ママ」と横に書くこと、あきらかに脱字があっても「脱カ」と付すことなどを知った。呼野は絶えず愛情を含んだやさしい笑みでそれらを教えてくれた。また、真佐子の速記記号をのぞいては、よくこんなミミズの這《は》ったような線が漢字や仮名に直るもんだね、と子供のような好奇心を寄せたり、ぼくも速記をおぼえていたら日記に君とのことをこの記号で書ける、そうするとだれにも読めない暗号になるのだがな、と真佐子を笑わせもした。だれにも読めないというのはあきらかに夫人をさしていた。

そのような美しい追憶になったはずのものが、呼野が死を脱したことから、一挙に修羅場の想い出に変ってしまった。急病の呼野が家政婦に真佐子を呼ばせ、真佐子もまた救急車で彼を病院に入れるなどした前後の献身的な働きが、夫人に疑惑をおこさせたのだった。

気の弱い呼野信雄は妻の追及に遇《あ》って真佐子とのことをすべて白状した。もっとも両人の間を観察していた家政婦の言葉や、彼の講演や踏査旅行の先が妻の追跡調査で辻褄《つじつま》が合わないことがわかったり、はては呼野が彼女をアパートに住まわせて通っていたことまで知られてはどうにも呼野にも遁《に》げ道がなかったのである。

夫人は真佐子を呼びつけて泥棒猫だと罵《のの》しり、彼女の眼の前で夫を殴《たた》いた。骨太い夫人の打擲《ちようちやく》の下で博士は紙のように縮んだ。博士は、年寄りを誘惑したのは三十女の真佐子だと言い張った。謹厳で世上に知られている呼野博士のことだし、余人が聞いてもその言い訳には説得力があった。

真佐子は「風籟帖」を池袋の小さな古本屋に持って行った。店主はそれを喰い入るようにして見つめ、へえ、これはほんとに呼野先生の筆蹟《ひつせき》ですかねえ、と疑わしそうに持参者を見上げ、いまにも呼野家に問合せの電話をしそうな様子だったので、真佐子は奪うようにして持って帰った。

次の古本屋でも同じで、「風籟帖」を店主がためつすがめつ眺めていたが、すこぶる疑惑の表情だった。

それから五年後、新聞に呼野信雄の訃《ふ》報《ほう》が出た。その記事と写真が大きいのは故人が若い読者層をひろくつかんでいたからである。関連した各界名士の談話は呼野博士の学識と高雅な人格を讃《ほ》めたたえて愛惜していた。三、四の文化関係の雑誌も呼野信雄の特集を組んだ。

けれどもそれは当座だけのことだった。その一時の賞讃《しょうさん》は火が消えたようになくなった。

古書目録の「風籟帖」は、「名家筆蹟」の中で最も低い値がついている。

あとがき

この集に収めたのは、すべて三十枚の短篇である。三十枚という枠を雑誌社から決められると、とかく身辺随筆のような、あるいは小話《こばなし》のような「軽い」ものが書かれる傾向がないでもない。三十枚でも、百枚にも当る内容のものをと志向した。そのとおりになっているかどうか読者の判断に俟《ま》つほかない。（初出「小説新潮」）

松本清張

解　説

虫明亜呂無

ここには、十一の短篇がおさめられている。各作品の主題は、女の愛である。

女の愛が、男の愛と徹底してちがうところは、女の愛が帰納法や消去法によって、成りたっていることである。ひとつの現実がある。目の前に男がいる。彼女は彼に惹《ひ》かれ、好意を抱く。彼とならば恋をするかもしれない。場合によっては、結婚してもよい、と思う。が、そのようなとき彼女たちは、あらかじめ、男といっしょになったときの未来像を作ってしまう。そして自分はこの男と、どのような家庭を作っていくであろうか、そのとき、どのような不安や不満を男との生活に覚えるであろうか、などと検討する。彼女たちは幼いときからのさまざまな体験によって、現実は不安定で、たえず動揺して、男女の恋愛感情がけっして永続しないことを、知っている。——恋し、恋された経験のない女性でも、このことは熟知している。——この世には男女の愛に関して確固として存続するものは、ひとつもないと、彼女たちは覚悟している。そのため彼女たちは、未来像のなかから、マイナスの部分をつぎつぎに削除していく。そして最後に、この点までは黙許することができるという線をひく。その譲歩の限界線にてらしあわせて、彼女たちは現実の恋が、恋に価《あたい》する恋であるか、否《いな》かを判断する。帰納法とは、そうしたことを指す。

Aという人物には、これこれしかじかの欠点があるが、こういう長所もある。Bという人物は、A以上に欠点があるが、反面、Aにはまったくない長所もそなえている。いずれが、現実の自分にはプラスになるであろうか、と、彼女たちは消去法を使って、判断する。彼女がAやBとはまったくタイプのちがうCという男と結ばれたのは、Cが容《よう》貌《ぼう》がすぐれているとか、将来性があるとか、正直であるとか、勉強家であるとか、性格が温厚であるとか、心根がやさしいとか、家に財産があるとか、社会的に知名度があるとか、ということではない。CがAやBよりは、彼女にとって、許したり、受けいれることのできない欠点が少なかったからである。

女は、こと自分の恋については、以上のような危険すれすれの限界線の上で、男に恋している。そのような恋は、一歩踏み誤れば、自分が自滅してしまうことを、百も承知している。が、そうした恋でないと、女は恋のよろこびを、歓《よろこ》びとして受けつけない。安全で、保証された恋というものは、はじめから、恋としてなりたたないからである。女の恋が、どこかで自虐《じぎやく》的な要素をふくんでいるのも、恋が恋として燃焼するのには危うさとかもろさとかが、恋の起爆剤になることを必要としているからである。同時に、そのことは、恋に生きる女に度胸のよさとか、思いきりのよさとか、潔《いさぎよ》さとか、決断を強制してくる。平穏無事な恋は、平穏無事であるというだけで、すでに、恋の資格を喪失している。恋はつねに孤独で、危ういものでなくてはならない。それが恋の魅惑である。彼女が恋している男のために屈辱に耐え、あえて愚行を犯し、時には、犯罪すら厭《いと》わないのは、実は彼女自身の恋についてのさまざまな想《おも》いが、彼女を駆りたてて、彼女にもっとも危険をふくんだ恋を自覚させるからである。

女にとって、もっともロマンチックな恋とは、実は、もっとも現実的な恋のことを指す。帰納法によって幻想の翼をもぎとられ、消去法によってマイナス面をできるかぎり削除した後に、現実だけが、彼女の前にたちはだかっている。そのような時こそ、恋に価する恋がはじまる。彼女は恋する男のために生きて、犯罪に加担したり、金銭に執着したり、嫉妬《しっと》にかられるのではない。彼女自身の恋の現実性の確認のために、愚行を愚行として知りながら、愚行を忌避する臆病《おくびょう》を軽蔑《けいべつ》する。それははじめて、彼女たちが男の肉体を受けいれるときの不安と、焦躁《しょうそう》と懐疑と恐怖がかきたてる感覚とも似ている。あるいは、恋に結ばれたと信じて愛した男のなかに、女がつねに垣間見《かいまみ》ていた男への不信と絶望を、女の才覚によって幻滅や、落胆として相手にすこしも気づかせぬままに隠しおおせてみせたときの快感とも似ている。

恋の苦汁、裏切りなどを味わえば味わうほど、女の恋はロマンチックな要素を加味していく。恋がもろく、頼りなく、うつろいやすいものであることを知れば知るほど、女の恋は現実的なものになっていく。なぜならば現実的な恋だけが、真に、ロマンチックな恋だからである。女は男が考えている以上に、自分の恋のことを、つねに、細部にわたって、ことこまかく計算している。それは、打算とか、狡猾《こうかつ》がなせるわざではなくて、彼女たちが恋に生きる自分に慎重で、大胆であるからである。彼女らには、このように、現実性と夢想、緻密《ちみつ》と奔放など、相反する要素がかならずといってよいほど、表裏一体となって用意されている。

ここに収められた十一の短篇が、女性読者に興味を抱かせるのは、それぞれの作品の中に、女にとってはごく日常的なもの、それこそ女の呼吸や体温にもたとえられる、女の普遍的な感情が用意周到に、配置されているからである。女性読者たちは、作中の女たちにたくして描かれた女の存在感、女の情念、欲望その他を、裏の裏まで知りつくしている。男たちに恋した女、男たちから恋された女たちが、その男について、彼女自身について、そして彼女たちの恋について、どのような見透《みとお》しをもち、不安を覚え、恋の永続を願い、障碍《しょうがい》に直面するたびに焦《あせ》り、わが身の不運を嘆き、男の勝手さを恨むかを理解している。女性読者たちは、そうしたときの、女の心理や、生理のうとましさと、わずらわしさを充分に心得ている。そして作中の女たちに、ある時は共感し、ある時は反撥《はんぱつ》し、人生のごくかぎられた舞台の上で、ゆくりなくも、出会って、恋の秘密をたがいにわかちあったりする。ある女は颯爽《さつそう》として、小気味よいし、ある女は、現実と自分の心情のくいちがいで、自らの首をしめ、破滅していってしまったりする。作者はわざと、登場人物の心理を省略し、その省略によって欠落した部分を、女性読者に、自由に想像させたり、時には、男の側から見た女の描写をしてみせてくれる。女はいつも、男の反応、自分が恋した男の反応を待っている。彼女にとっては、それもまた、恋の哀歓の重要なモチーフなのである。女は男にとって、自分が、どのような女に見られているかを知りたく思う。それが、女の恋の原動力になる。女は恋した男が愚かな男でもよい。教育がなくてもよい。品性が劣っていても、すこしも意に介さない。恋する女が知りたく思うのは、そういう男が、自分を恋したことによって、どのような男に変っていくかということである。男が自分に、常時かわらず、反応をみせてくれることである。男が反応をあらわさなくなったとき、男との恋は終る。彼女は、またしても裏切られ、時を浪費したばかりでなく、貴重な金銭をすらあざむきとられていたことに、気づく。当然のことながら、その逆もあってよい。裏切った男は裏切りにふさわしい報いをうけなければならない。要は女たちが、自分の恋を生かすか、殺すかというとき、どのような踏ん切りを持つか、ということである。ひたすら忍従をするか、あるいは、強引な自己主張をするか、現実の流れに身をまかせて、無抵抗に、自分を抛棄《ほうき》してしまうかである。云《い》いかえれば、女たちが、自分の恋をどのように受けとめ、どのように自分の生きる糧《かて》とするか、ということが恋の主題となり、目的となっていく。その目標のさだめようや、自分への納得のしかたが、ここに収められた十一の短篇の魅力になっている。

以上のことをあらかじめ理解したうえで、十一の短篇を読むと興味は募るであろう。女性は現実のちょっとした部分の受けとりかたのちがいによって、自分の恋愛感情をプラスにもマイナスにも変化させていく。その明暗の推移がこの作品集には色濃くゆきわたっている。そして、それが小説のリアリティを構成するのである。

『見送って』は、姑《しゅうとめ》につかえて、忍従の生活を送った人妻が、自分の娘の新婚旅行を見送った直後に、姑にむかって「わたくしもこれで親の責任をはたしました。悠紀子はいい旦那《だんな》さんにめぐり会って、仕合せに暮してゆくことでしょう。……おかあさま、わたくしは、これからは自分の好きなように生きてゆきたいと思います」と云う。彼女は亡夫の同僚とモーテルで逢《あ》い引きをかさねていたらしい。彼女はそのモーテルを居抜きで買いとって、モーテルの経営者になった、という話である。長い忍従が、一挙にくつがえされて、読後感は妙に小気味よい。彼女にそのようなことが起り得ようとは、だれもが予測していなかった。わずかに、彼女の短歌の一端に、それらしきことが、ほのめかされているのにすぎなかった。僕はこの作品で、いちばん、感心したのは、

新夫婦が内側から、通話孔《トーキング・ウィンドウ》に寄ってきた。

「おばあちゃま。行って参ります」

花束をかかえた悠紀子が、にこにこしながら向う側から祖母に挨拶《あいさつ》した。

「おう、そうかい、そうかい」

姑は孫娘よりも、婿《むこ》のほうをじろじろと見ていた。

というくだりである。

通話孔ごしに話しかけてくる、というのが、いかにも、空港での見送り風景の現実感を伝えているからである。花束をかかえた花嫁の声が、直接、耳にきこえてくるようだし、更に姑は孫娘よりも、婿のほうをじろじろと見ていた、という描写が、作者の観察の目の鋭さを表わしている。このふたつの描写が、女主人公の独立宣言後のモーテル買い取りを、くっきりと浮き彫りにしてみせている。通話孔での描写がないと、結婚式での、いろいろな人たちのスピーチが、たんに、スピーチで終ってしまう。女主人公は昔気質の、万事が控え目の、云いたいことも云わずにすべてを自分の胸のうちに収めてきた女だということが、すべて観念的な説明でしか読者に伝わらない。それが、通話孔ごしの会話がはじまることによって、物語はあざやかに現実感をおびてくる。ここが小説のおもしろさであり、短編を書く作者の描写力のみせどころなのである。

『愛犬』もみごとな出来ばえをみせた短編である。ここでは、
おみよさんはもちろん犬と同じものを食べ、いっしょに食事した。家の中はどんなに掃いても犬の毛が落ちている。食卓の味噌汁《みそしる》の中にもその毛が浮んでいる。おみよ

さんは箸《はし》でそれをたんねんに取り除くだけで、その汁を平気で飲む。子供が食い残した皿をつつく母親と同じであった。おみよさんの着ものにはいたるところに犬の毛が付着している。

の箇所が、実際に、犬を飼っている人でなければ描けない生活の具体性を表現している。さきの通話孔のくだりといい、このような描写といい、現実によくありうる日常生活の断片を手がかりに、ひとつの小説的現実をひろげていく手法が、実は、松本さんの作品の魅力となっているのである。犬はにおいですべてを記憶している。だから、飼い主の情事も、においでかぎわける。一方、女主人公は、子供の食べ残しの皿にでも平気で箸をつける母親の愛情とおなじたぐいの感情の対象となるものをたえず自分の周辺に求めている。彼女は愛情のはけ口を飼い犬にむけていた。が、飼い犬は、においによって、主人を裏切ってしまう。中年にさしかかった、善良で、孤独で、しかし、つねに現実生活の収支勘定に細かい気をくばっている女性が、知らず知らずのうちに、愛犬から災難をこうむり、愛犬に救われるという皮肉は、ここではブラック・ユーモアにすら昇華していると云っても云いすぎではあるまい。

『百円硬貨』は、婚期のおくれた銀行勤めの女性が、十三歳年上の車のセールスマンにはじめて、積極的な恋をおぼえる話である。妻がいることを承知で彼女は、セールスマンに傾斜し、やがて犯罪をおかす、が、最後のところで、百円硬貨をひとつ手に入れるために、思わぬ結果を招いてしまう。銀行勤めの彼女は百円硬貨一枚でも惜しむ、つつましい生活を送っていた。彼女は仕事に熱心であった。恋愛したくても相手がみつからなかったので、残業でもしているよりほかなかった。周囲は彼女をなんで結婚しないのだろうか、といぶかるが、やがてそうした好奇心すらも失ってしまう。彼女は忘れられた女になり、無視される。彼女は焦り、ひらきなおり、孤独感だけが増大する。そうしたことは作中には一行も出てこないが、女性読者は、書かれてなくても、ハイミスの女主人公の姿をイメージとして描く、あるいは職場での自分に女主人公をなぞらえる。好きな男のためには、どんな恥かしいことでもできるが、関心のない男に声をかけられたり、性的な興味でしか見られない屈辱を女性読者たちは現実でしばしば体験している。それが『百円硬貨』をとおして甦《よみがえ》ってくる。あるいは『再春』は知らず知らずに地方名士の女性の嫉妬を買ってしまう話が描かれている。『足袋』のぶきみさは、明治・大正の妖艶《ようえん》な風俗画の世界に読者をつれもどし、『記念に』は終始、男の目から見た女に描写の目がそそがれていることに特徴がある。

女性読者たちはこれらの作品を読みつつ、おなじような現実が自分たちに起りうると考えるであろう。作者の松本さんはそうした女性読者ひとりひとりの、ありうる現実を踏まえて共感を誘いだすのである。

（昭和五十七年七月）

解説――おそれ多くも率直に

阿刀田高

長編ミステリーを綴《つづ》って多くのファンを魅了した松本清張であったが、短編小説もまたすこぶる巧みな作家であった。

八十枚ほどの小説『或《あ》る「小《こ》倉《くら》日記」伝』で芥川《あくたがわ》賞を受け、初期の作品にはむしろ短編のほうが目立つ。生涯にわたってこのジャンルを書き続け、連作短編集にも評価の高いものが多い。おそらく四百編くらいの短編小説を綴ったのではあるまいか。

これだけの数をほぼ四十年間を貫いて書くとなると、品質に微妙な差異が生じてくる。筆力は（ただの筆力ではなく、どんなアイデアをどう加工するかという小説化の力量を含めて言うのだが）円熟するが、アイデアそのものを生み出す力は衰えがちとなる。当初は脳みそもみずみずしい力をたたえ、いろいろなアイデアを思いつくが、それを次々に消費していけば、

――このアイデア、前に書いたなあ――

新しいもの、際立《きわだ》ったものを案出するパーセンテージが低くなる。小説化しやすいも

のを先に使い果し、むつかしいものをなんとか加工しなければならない。当初は使えそうもないとあきらめていたアイデアが、熟練によりりっぱな作品となって表われたりする。当然のことだ。名人松本清張をもってしても、この傾向と無縁ではありえなかった。名人であればこそ、この傾向もまた顕著に現われえた、と言うことができるかもしれない。松本清張は初めから、独自のアイデアを拠《よ》りどころにして小説化することの巧みな作家であったが、この人なりに高いレベルでの変化はあった、と私は考えている。

連作短編集『隠花の飾り』は昭和五十三年から五十四年にかけて「小説新潮」誌に連載されたものであり、この時期には短編小説をあまり書かなくなっていた。最晩年の短編集と見ることができるだろう。著者自身が綴った〝あとがき〟に、

〝この集に収めたのは、すべて三十枚の短篇である。三十枚という枠を雑誌社から決められると、とかく身辺随筆のような、あるいは小話《こばなし》のような「軽い」ものが書かれる傾向がないでもない。三十枚でも、百枚にも当る内容のものをと志向した。そのとおりになっているかどうか読者の判断に俟《ま》つほかない〟

とあるが、この〝三十枚の枠〟というところに一つの趣向があったようだ。松本清張の短編は七十枚から百枚くらいが多かった。となると……たったいま冒頭に述べたこととの関連で言うと〝七十枚から百枚の短編のアイデアは使い尽してしまった。三十枚なら新しい気分で書けるかもしれない〟。そんな狙《ねら》いもあったのではなかろうか。

作家の工房の秘密は、どの道、はたからはわからない。だが、あえて同じように短編をたくさん書いてきた私の立場から推測すると、この狙いは、

——きっとそうだったろう。少なくともその意図と無縁ではなかった——

と信じている。

しかし、さらに言えば三十枚にしてみても、

——松本清張のアイデアは枯れていた——

ほんの少し衰えを感じないでもない。加工しにくいものを加工した苦しさと言えば、もっと適切だろうか。往年の溢《あふ》れるばかりのみずみずしさはない。もちろん結果としては〝三十枚でも、百枚にも当る内容のものをと志向した〟意気込みはおおむね果されている。充分におもしろい。天晴《あっぱ》れプロフェッショナルの腕力だ。巧みな掌編集になっている。しかし、私は思うのである。それはアイデアのせいではなく、作者の円熟のせい、小説力のせい、私にはそう見えて仕方がない。往年の『菊枕《きくまくら》』『張込み』『遭難』『天城越え』『潜在光景』などなど珠玉のアイデアを生かした名作とは少しトーンが異なっている。

——やっぱりなあ——

新鮮なアイデアと円熟した創作力との反比例的な関係を（読者にはみんなそれなりによい作品として映るだろうが）、脳みその内部に伏在する宿命的構造を、つまり一方が

衰えてももう一方が加わる関係を、私はこの連作集に見て、感慨を覚えてしまうのである。

個々の作品について勝手な感想を述べさせていただこう。

『足袋』はうまい発想だ。まさしく三十枚にふさわしい。冒頭の作品だけに一番よく作者の狙いに適合しているような気がする。まったくの話、短編の連作を始めるとき、全体を展望していくつかのストーリーが決まっていることはめずらしい。そんなケースはない、と言ってもよい。第一作だけがおおよそ決まっていて、

――これで始めて、あとは、おいおいこれに合わせて考えていくかな――

かなり大胆な見切り発車で挑むケースがほとんどである。それでも慣れていれば結果はオーライ。まことに僭越《せんえつ》ながら、

――清張さんもそうだったろう――

なにしろ忙しい人だったのだから……。

『足袋』は文字通り、足袋一つのアイデアだ。五つコハゼの足袋は、和風の美意識を含んでいる。淫靡《いんび》な妖《あや》しさを漂わせている。しかも片方だけ。草履《ぞうり》をはかずに歩くなんて尋常ではない。それが郵便受けに届けられているなんて……これだけで一つの小説世界を構築してくれる。あとはその足袋にふさわしいストーリーを創《つく》ればいい。円熟した作家にとって苦しい道ではない。鄭寧《ていねい》に綴ればよい。

『愛犬』の印象は、松本清張の定番と言ってよい。犬が過去の記憶を……ほかの人にはわからない確かな感覚を保持していること、それがキイである。すると、

――『声』という作品があったなあ――

電話交換手が仕事がら人の声に敏感で、あるとき聞いた犯罪者の声を数年後に聞いて気づく、というアイデアがキイになっていた。交換手と犬とを対比しては申しわけないけれど、発想はよく似ている。『愛犬』は三十枚よりもっと長くしても充分に創れただろう。犬がこの能力を持っていることは平凡な視点であり、交換手の声の記憶のほうがユニークな発見だろう。『愛犬』が優れているのは、おみよさんの性格であり、立場の設定だろう。無性に犬好きの女性が、みごとに描かれている。恋しい男と旅に出ても、情事より家に残してきた犬のことが気にかかる……なんて愛犬家の真骨頂だろう。ヒロインの器量については、

〝おみよさんは色白のふっくらとした顔立ちで、眼が大きい。唇の少し厚いのが難だが、口紅をせまく塗っているので、それほど目立たない。笑うと八重歯がこぼれる。お座敷女中には、若さといい、容貌といい、彼女ほどの女はそれほど居ないので、店主が彼女を座敷に出したがるのも無理はなかった〟

ということで、会席料理店の裏方にいかにもいそうなタイプ。はでではないが、こういう女性を狙う男性は多い。

——清張さん、知ってますね——

と微笑《ほほえ》んでしまう。おみよさんは人柄もわるくなさそうだ。末尾近くでタクシー運転手の脅しが入り、

——どうなるのかな——

凄味《すごみ》が漂って怖い。サブの活躍は読者にカタルシスを与えてくれるが、最後の一行で、〝中程度の「吉」も当てにならないとおみよさんは思った〟

うふふふ、それが人生というものなんでしょうね。短編のキイとなるアイデアより筆力の冴《さ》える一編と言ってよいだろう。

『北の火箭』はエッセイ調だ。ノンフィクションみたい、と言ってもよい。語り手が〝私〟ではなく岡谷という評論家。この男性にはジャーナリストとしての松本清張を髣《ほう》髴《ふつ》させるところがなきにしもあらず。だが、この設定により作品は小説の気配を充分に漂わせることに成功している。〝私〟を主人公にするか、第三者の名を記してそれを主人公にするか、小説の提示する世界は相当に変わるものだ。後者のほうが、ほとんどの場合、描写が広くなる。作品は、戦火のくすぶるベトナムへ特別な手立てがあって視察に向かう人たち、という厳しい情況設定である。平穏な地域もあるが、今なお多くの人が生きるか死ぬかの日々を送っている。そこへ欧米人の男女、カナダの大学教授とベルギーの詩人が参加して短い日時のうちに恋情が生じ、危険な旅行のあいまに微笑ましい

恋が密《ひそ》かに進行していく。不倫の恋らしいぞ。そんなプロセスが岡谷の目を通して的確に綴られていく。密会の夜には……空襲が一夜のうちに何回もあるのだ。木陰で抱きあえば毒蛇だって襲ってくるかもしれないのに。日本人とは少しちがった欧米人の感性が、鮮かに書かれている。岡谷は東京に帰り、詩人の夫ラングロワ氏に会う。夫妻が招いてくれたのだ。教授も一緒である。

〝教授は冷静であった。饒舌《じようぜつ》だが、女流詩人も冷静であった。両人は、ほとんど直接には口をきかず、視線も合わすことはなかった。だが、夫人が思わず熱心に詩人だけに比喩《ひゆ》を交えた豊かな表現で話をしているとき、ラングロワ氏はふいと岡谷にむかって片眼をつぶった。笑顔のままである。岡谷は、はっとした。わたしには妻のしたことが全部わかっていますよ、というラングロワ氏のサインのように思えた〟

大人たちの関係なんですね。そして詩人は〝戦火のベトナムを駆ける〟というドキュメントを出版するが、そこには教授の名は一行もなく、一箇所だけ同行者として〝カナダの大学教授〟の記述があるだけだった。最後の一行ともども この短編は（厳しい情況下のベトナムを描くというノンフィクション的要素とあいまって）アイデアより筆力が訴えるタイプのほうだろう。

『見送って』について言えば、アイデアはそれほどのものではない。夫に早く先立たれ、幼い娘がいるばかりに婚家を去るわけにもいかず、長い年月を姑《しゆうとめ》に奉仕させられてしまったヒロイン。不平も言わず、りっぱに務めあげたが、娘の結婚を機に自分の人生をひたすらにしようと決心する。結婚式、新婚旅行、と慶事のあとの決定的な別離。このコントラストが小説の醍醐味《だいごみ》になる、という作品だ。人生をよく知っていないとこれは味よく書けない。

『誤訳』は、あえて言えば、

――これを小説にするかなあ――

国際舞台での噂話《うわさばなし》くらいのエピソードだが、これを小説にまで加工するのは、まさしく腕力である。ノーベル賞ならぬスキーべ賞を創ったり、特別な国の、特別な言語を用いる詩人をまことしやかに登場させたり、このフィクション化は結構むつかしい。すぐに嘘《うそ》っぽくなってしまう。通訳はこういう情況に時折直面するものらしいが、作家がそれを知ってもよほど頑張らないとストーリーにはなるまい。

『百円硬貨』のアイデアそのものは、テレフォン・カードや携帯電話の普及以前には繁《しげ》く遭遇することだった。しかしこれをきわどい男女の焦燥感に結びつけ、横領を絡《から》めたのはストーリー・テラーの実力だ。〝三十枚でも、百枚に〟という志向が生きている、と私は思った。

そこへいくと『お手玉』は、週刊誌などに多い、市井《しせい》の事件のドキュメンタリーみたい。事件は悲惨で、ヒロインは凄いが、いたいけなお手玉遊びが隠し味になるわけでもなく、ただ錦袋《にしきぶくろ》の中に男の遺骨を入れて〝手玉に〟とって遊ぶだけのこと。残念ながらストーリーとしての膨らみが薄いように私には感じられた。さすがに松本清張だけあって読ませてはくれるが、みごとな短編小説とは評しえないかも。

続いて『記念に』『箱根初詣で』の二つも、

——疲れてるのかなあ——

筆力はあい変らず凄いが、小説としてのサムシングが欠けているように思った。前者では滝子の人となりとビヘイビアが、

——いるんだよなあ、こういう人が——

と、そこは感嘆するけれど、結末はこんなものでしょうね、の域を出ていない。なんだか清張さんの小説としてもの足りない。後者は箱根初詣が特に小説的な意味を持つわけではなく、ポイントは行きと帰りの航空機の中の風景。女たちの団結と言い争い……この喧嘩《けんか》は、

——凄かったろうなあ——

これを想像するのも小説の楽しみ方なのかもしれない。

『再春』はおもしろい。巧みな設定だと思った。正直なところ、

——この手があったのか——

臍《ほぞ》をかんだ。つまり、私が書きたかった。書けるかどうかはともかく、思いつかなか

ったのが、恨めしい。新人作家のヒロインは、知人から、

「小説になりそうなお話、知ってるのよ」

と言われ聞いてみれば実際小説になりそうな出来事だ。そこで書いてみると、それが知る人ぞ知る名作にそっくりで……。そこにはメンゼスと子宮癌《がん》の混同があったり、ストーリーを教えてくれた知人の本心はどこにあったのか、疑問が生じたり……。でも真相を明かさず転じてヒロインと夫の人生を匂《にお》わせて終わるところもつきづきしい。入念なストーリー構成だと思った。

『遺墨』は、

——こんな男女関係もあるでしょうね。それにしても夫婦のことはわからんものですね——

という感想。

——あのとき死んでくれていたら——

という視点も人生にはきっとあるだろう。大人の小説である。

ところで、この連作短編集、作品の数が十一というのは悩ましい。発表時の記録を確かめると、月刊の小説誌の一月号から始まって翌年の三月号までかかっている。新年を前にして、

「一年間続けてお願いします。十二回の連作で」

あるまいか。苦しい事情の中にあっても名人であればこそ、
「うん。そうだな」
そんな思惑で書きだしたものが、その年を越え、結局十一回で終わりとなったのでは

――きついけど、なんとかしなくちゃ――

しめきりに迫られ、いたいたしいほど脳みそを駆使して書いたにちがいない。どうしてもそんな情況を考えてしまう。

――それでもこれだけのものは書く――

すこぶる高いところに平均値を置いて私の正直な評価を記せば、十一作のうち〝さすが清張さん〟の丸印が五作、平均点前後の△印が三作、くらいだろうか。どれが、どうとは述べない。

（平成二十年十二月、作家）

この作品は昭和五十四年十二月新潮社より刊行された。

隠《いん》花《か》の飾《かざ》り

新潮文庫　ま - 1 - 43

昭和五十七年八月二十五日　発行
平成二十一年二月一日　二十四刷改版
令和四年十一月三十日　三十一刷

著者　松《まつ》本《もと》清《せい》張《ちょう》
発行者　佐藤隆信
発行所　株式会社新潮社

郵便番号　一六二—八七一一
東京都新宿区矢来町七一
電話　編集部(〇三)三二六六—五四四〇
　　　読者係(〇三)三二六六—五一一一
http://www.shinchosha.co.jp

価格はカバーに表示してあります。

乱丁・落丁本は、ご面倒ですが小社読者係宛ご送付ください。送料小社負担にてお取替えいたします。

印刷・錦明印刷株式会社　製本・錦明印刷株式会社

ISBN978-4-10-110949-7 C0193